sm PREMIO NACIONAL
a la mejor labor editorial
en literatura infantil y juvenil 1982

Tonico y el secreto de estado

A. Dias de Moraes

ediciones sm Joaquín Turina 39 28044 Madrid

Primera edición: diciembre 1980
Segunda edición: enero 1983
Tercera edición: febrero 1984
Cuarta edición: mayo 1985
Quinta edición: diciembre 1985
Sexta edición: mayo 1986
Séptima edición: mayo 1987
Octava edición: febrero 1988
Novena edición: enero 1989

Traducción del francés: *Manuel Barbadillo*
Ilustraciones: *Gui Michel*
Cubierta: *Ángel Esteban*

Título original: *Tonico et le secret d'état*

Distribuidor exclusivo: CESMA, S.A.
Aguacate, 25 - 28044 Madrid

ISBN: 84-348-0870-6
Depósito legal: M-44702-1988
Fotocomposición: Secomp
Impreso en España / *Printed in Spain*
Imprenta SM - Joaquín Turina, 39 - 28044 Madrid

A Isabelle Jan

PRINCIPALES PERSONAJES

Tonico, el Gato

BANDA DE CHICOS
- *Román*
- *Bulldózer*
- *Farina*
- *Yoca*
- *Relé*
- *Teco-Teco*
- *Mosquito Eléctrico*
- *El Alemán*
- *Pirulí*
- *Tuca*
- *Tatá*
- *Merengue*
- *Valdo*

BANDA DE CHICAS
- *Ester*
- *María*
- *Dasdo*
- *Vilma*
- *Dalva*
- *Ditinha* (se pronuncia *Ditiña)*
- *Josefa*

ADEMÁS
- Gasolina: *el perro de la banda*
- Faísca: *la perrita*
- Zé: *niño campesino*
- Manuel: *panadero portugués*
- Manolín: *el hijo del panadero*
- Armando: *padre de Tonico*
- El sargento Felipe: *padre de Relé*
- Giuseppe: *el italiano*
- Juan: *carpintero, amigo de Armando*
- Ignacio y Zulmira: *abuelos de Tonico*
- La señora Piedad: *madre de Román*
- Pedro: *el hijo del general gubernamental*

1

TONICO llegó corriendo, escaló las tejas y los ladrillos de la barricada y se dejó resbalar por el otro lado, en lugar de pasar por la brecha que había en la tapia de la iglesia.

Los tres mayores estaban allí, detrás de la barricada; discutían en cuclillas, con las cabezas juntas. Román hablaba y sus dos compañeros escuchaban atentamente. También *Gasolina* parecía escuchar. Sentado sobre sus patas traseras, inclinaba la cabeza moviéndola de cuando en cuando. Estaba como asombrado por la falta de delicadeza de los chicos, que parecían ignorar su presencia. Ladró, gruñó por lo bajo, pero nadie le miró.

Tonico llegó hasta el grupo arrastrándose, medio en cuclillas, medio a cuatro patas.

—¡Vete, *Gato!* Esta es una conversación de mayores —dijo *Bulldózer,* un grandullón que debía su apodo a su fuerza física.

Tonico puso cara de enfado y dijo:

—¡Siempre estáis con secretos!... La banda ha reunido donativos y dinero, y yo venía a ver qué hay que hacer. Si no hay nada, me vuelvo a mi casa a ayudar a mi padre.

—Puedes irte a tu casa —dijo Román—, pero vuelve a las tres en punto. Hay un mensaje para la barricada de arriba.

Tonico permaneció un momento inmóvil. Reventaba de curiosidad con los ojos y los oídos clavados en los mayores, pero no captaba nada; ni una palabra. Oía el cuchicheo de las voces de sus compañeros, pero no sabía de qué estaban hablando. Dio media vuelta y se alejó. ¡No le dejaban participar en las decisiones importantes!

—Tú eres un soldado raso —le había dicho Farina en una ocasión.

Todos eran simples soldados rasos; los tres mayores eran los *comandantes.* Ellos tomaban las decisiones por todos. De cuando en cuando consultaban a la banda. Pero antes no era así.

—Ahora estamos en guerra —explicaba Román cuando los pequeños protestaban.

Tonico formaba parte de los pequeños no por su edad, sino por su estatura. Tenía doce años pero aparentaba diez; sin embargo, tenía unas buenas piernas y unos pies sólidos. Podía andar y andar mucho sin fatigarse. Trepaba por los muros y por los árboles con una facilidad increíble, y de ahí su mote de *El Gato.* Por todas esas cualidades era por lo que había sido escogido para hacer de *enlace* entre la banda de los chicos y los rebeldes, parapetados allá arriba, lejos, detrás de la estación.

De repente, Tonico se acordó de que estaba prohibido permanecer en pie detrás de la barricada —¡orden de los *comandantes!*— y se puso a andar en cuclillas. Parecía un pato más que un gato. Finalmente salió por la brecha de la tapia. Se incorporó y silbó. *Gasolina* acudió moviendo la cola y con la lengua fuera. Cruzaron la calle y se metieron por el Callejón de la Villa.

Entraron en la primera casa, encima de cuya puerta había un cartel de madera pintada de blanco con letras negras:

ELECTRICISTA Se arreglan radios y tocadiscos

Armando, el padre de Tonico, se hallaba en la sala de estar, convertida hacía muchísimo tiempo en taller. Desparramadas encima de una gran mesa se veían piezas de radio, cables eléctricos, lámparas, enchufes y diversas herramientas. En un extremo de la mesa, un viejo gramófono mostraba la gran boca negra de su altavoz, una boca de baquelita en la que el polvo se había acumulado en todas las ranuras. Tonico se acercó para examinarlo.

—¿Qué es esto, papá?

—Un viejo gramófono. Me lo han traído a ver si se puede vender. Dicen que estas cosas hoy valen mucho. Yo no lo querría ni aunque me lo regalasen... ¿Dónde te has metido?

—He ido a llevarle el cable de la plancha a doña Marta.

—Pues sí que has tardado... ¿Ya has merendado, Tonico?

—Doña Marta me dio café con leche y un trozo de pan.

Tonico dio una vuelta a la sala, se agachó para examinar una radio que acababan de traer y que estaba puesta en el suelo. Preguntó:

—¿De quién es? ¿Está rota? Parece nueva... ¿Qué es lo que tiene?

—No sé, tengo que verlo. Es de una señora de la calle Epaminondas. También ha estado Manuel, ¿sabes? Dice que su radio está averiada y quería saber cuánto le iba a costar repararla. Le he dicho que tenía que verla; sin verla no puedo decirle el precio. ¡Tiene gracia ese Manuel!

—¿Manuel el de la panadería?

—Sí, *El Portugués*... Tonico, hazme una prolongación. Coge el hilo negro gordo. Cinco metros. Es para Juan, el carpintero. Va a cambiar de sitio su máquina y necesita la prolongación cuanto antes.

Tonico se agachó y se puso a medir el cable eléctrico, sacándolo de un gran carrete que había en un rincón de la habitación. Se sentó luego en un banquillo de madera manchado de grasa y empezó a descubrir las puntas de los hilos con un cuchillo. *Gasolina* dormitaba echado a sus pies. Tonico empalmó el cable en el enchufe, enrolló los hilos de cobre alrededor de los bornes y atornilló.

—Un extremo ya está, papá.

Se levantó y cogió el otro extremo del hilo, que serpenteaba por el suelo. Se volvió a sentar y se quedó mirando a *Gasolina*. «¡Qué tranquilo está!», pensó. En este instante, *Gasolina* movió una oreja, levantó ligeramente el hocico. «Está soñando. ¿Tendrá una pesadilla?» Tocó con el pie a *Gasolina*. El perro abrió los ojos somnolientos, movió la cola y se quedó dormido otra vez. Tonico siguió con su trabajo.

—Papá, ¿los perros sueñan?

—Claro que sí, Tonico. ¿Por qué?

—Porque *Gasolina* ha levantado una oreja y ha enseñado los dientes mientras dormía. Le he dado con el pie. Yo creo que tenía una pesadilla...

—Tú que has estado por ahí fuera, ¿qué hay de nuevo?

—Nada, todo sigue igual. Los *legalistas,* que han entrado en la ciudad por la carretera del norte, están atacando desde lo alto del *Morro del Inglés.* Y los nuestros...

—¿Qué es eso de *los nuestros?* ¡No digas eso; di *los rebeldes!*

Los ojazos oscuros de Tonico se clavaron en su padre, luego se cerraron un poco.

—¡Pero es que nosotros estamos de su parte, papá! Por eso decimos *los nuestros...*

—¡Decimos, decimos!... ¿Quiénes decimos? ¡Vosotros! Una pandilla de críos sin caletre y media docena de pelagatos...

—De pelagatos no, papá. Todos son gente que trabajan, y son los padres de mis amigos de la banda.

—¡Escúchame! —y el padre dio un puñetazo sobre la mesa—. ¡Ya está bien de tanto ir con ellos! Te lo advierto: los rebeldes van a perder y yo no quiero mezclarme en nada. Ni siquiera sé por qué disparan los unos contra los otros, por qué se matan... y matan a la gente a diestro y a siniestro. ¡Yo lo que quiero es vivir en paz! Porque a un general y a un puñado de soldados se les ocurra ponerse a disparar contra el Gobierno la vamos a tener que pagar nosotros...

Tonico levantó la cabeza:

—No es eso, papá.

—¿Que no es eso? ¿Te atreves a decir que tu padre es un mentiroso? Tú sabes que en la ciudad ya casi no queda nada. El ferrocarril del norte está en manos de los legalistas, que ya han entrado en la ciudad. La carretera del sur caerá en seguida. Dentro de poco empezará a escasear la comida, ya verás. Todo está racionado. Ya, hasta le están echando harina de *mandioca* [1] al pan. Es casi imposible comer pan...

—¡Pero ganaremos, papá! Nosotros tenemos la razón. Dice Román que...

—¡Román!... Unos chicos que en lugar de trabajar están haciendo el imbécil, imitando todo lo que hacen los rebeldes. No saben nada de nada, pero tienen que ir detrás de los otros...

—Es que hemos decidido apoyar...

—¿Apoyar? ¿Apoyar? ¡Pareces un loro!... No sabes lo que dices... ¡Apoyar!... Te lo prohíbo, ¿entiendes? Te prohíbo juntarte con esa banda, ¿me oyes? Acabarás logrando que te maten sin saber ni por qué. Un día de éstos...

Tonico bajó la cabeza; sus dedos se movían como si les hubiesen dado cuerda. Román había dicho en una ocasión:

---

[1] *Mandioca:* Sémola blanca granulada, comestible, que se saca de la raíz de un arbusto llamado también mandioca. Se da en las regiones cálidas de América, mide de dos a tres metros de altura y tiene una raíz muy grande y carnosa. La mandioca, llamada también tapioca, cocida con caldo o leche, da una sopa muy sabrosa *(N.T.)*.

—El *Gato* es un tío que vale. Es capaz de pasar por entre las balas sin que le hagan nada.

Román había dicho eso unos días antes de una reunión de la banda en el garaje del padre de Teco-Teco. Fue aquel día cuando los mayores propusieron que la banda apoyase a los rebeldes. Todos estuvieron de acuerdo, excepto Merengue, que se marchó sin decir una palabra. Se levantó y salió. Todos le siguieron con la mirada.

Merengue era *albino* [2]. Su madre era mulata y él también, pero su piel era blanca, blanca. Albino... Se diría que lo habían encalado desde los pies hasta su rizada cabeza de pelo casi blanco: de ahí le venía el mote de Merengue.

Al principio, Merengue estaba de acuerdo en eso de apoyar a la revolución. Pero Román había dicho:

—Uno puede morir; los que quieran irse, aún están a tiempo...

Merengue se había levantado y había salido sin decir nada, mirando adelante, un poco embarazado. Al principio, todos se callaron, pero en seguida dos chicos empezaron a decir que era un cobarde, que era mejor que se fuese que no traicionarles después, y muchas cosas así.

Tonico había salido en defensa de Merengue.

—Es por su madre, que está enferma. Merengue no puede exponerse porque ella no tiene a nadie más en el mundo. ¡No es un traidor, no señor!

---

[2] *Albino:* persona que carece, entera o parcialmente, por anomalía de nacimiento, del pigmento que da a ciertas partes del cuerpo (piel, pelo, iris...), el color propio de su raza o variedad, teniendo en su lugar un color más o menos blanquecino. También se da el albinismo en animales y plantas *(N.T.)*.

Todos lo comprendieron menos *El Alemán,* que no era alemán pero que tenía ese mote porque era rubio, y que continuó diciendo cosas de Merengue. Y lo mismo Mosquito Eléctrico. Hasta un día en que Merengue arremetió contra los dos en la calle. Mosquito Eléctrico echó a correr, pero Merengue le partió las narices al *Alemán.* Desde ese día ya no abrió la boca para hablar mal de su compañero.

Cuando Román dijo que se necesitaba un voluntario para hacer de *enlace* —nadie sabía qué era eso, pero Román explicó que era una especie de mensajero—, Tonico se ofreció voluntario.

Farina se había opuesto:

—Eso es trabajo de hombres, y el *Gato* es un crío.

Y entonces fue cuando Román dijo:

—El *Gato* es un tío que vale. Es capaz de pasar por entre las balas sin que le hagan nada.

Todos se habían echado a reír, pero Tonico dijo:

—Un crío... ¡Ya está bien! Tengo doce años, soy casi un hombre...

Todos se rieron de nuevo, y Bulldózer, uno de los tres jefes, puntualizó:

—Hace falta un tipo valiente y de toda confianza.

Tonico insistió:

—Haced la prueba; si no valgo, poned a otro...

Pirulí se sacó el pirulí de la boca, se pasó la lengua por los labios y afirmó:

—Podemos fiarnos del *Gato.* ¿Os acordáis de cuando se cayó el balón en el tejado de la casa de Manuel?

Ese argumento fue decisivo.

A partir de ese día, Tonico corría por todas partes. Ayudaba a su padre a arreglar los cables de la luz y los enchufes; entregaba a domicilio las planchas eléctricas reparadas, las radios, los tocadiscos y todos los aparatos eléctricos. Entre recado y recado llevaba mensajes y recogía las cartas de los rebeldes en las que pedían cosas o hacían tales o cuales recomendaciones.

A veces se quejaba Armando porque su hijo tardaba mucho, pero en general estaba contento. El chico ya no hablaba de la revolución ni de la banda. Si, de cuando en cuando, su padre se quejaba de que tardaba mucho en hacer los repartos, Tonico tenía siempre una excusa.

—Tonico le miente a su padre —dijo un día Yoca.

—No le miente —replicó Román—. *El Gato* sabe muy bien que lo que está haciendo es SECRETO DE ESTADO. No puede decírselo a nadie, ni siquiera a su padre.

—Tanto más cuanto que el padre de Tonico está contra la revolución —dijo Farina—. Giuseppe se lo dijo el otro día al sargento Felipe, yo se lo oí. Hablaba de los que están *contra,* y yo estaba al lado.

Tonico experimentó una sensación extraña, una especie de vergüenza y, al mismo tiempo, de pena al verse en la necesidad de salir en defensa de su padre, que era un buen hombre.

—Es que mi padre no quiere que la gente muera...

Y se alejó lentamente. De pronto se percató de la ausencia de *Gasolina.* Se volvió. El perro estaba jugando con Relé. Tonico silbó. *Gasolina* se quedó parado, estiró las orejas y corrió hacia el chico, que le llamaba.

Ultimamente, Tonico se sentía embarazado cuando estaba junto a su padre. Era como si estuviesen distantes el uno del otro; incluso cuando se hallaba sentado frente a él, ayudándole a reparar los enchufes. El padre intentaba empezar la conversación, pero el hijo se iba por la tangente: hablaba de *Gasolina,* evitaba mentar a la banda y ahora notaba, de pronto, que algo había cambiado entre ellos.

Tenía miedo de que su padre descubriese que él era el *enlace.* ¡Vaya palabra más importante: *enlace!* ¿Que él le mentía a su padre? ¿Quién había dicho eso? Yoca, había sido Yoca. Mentir... No mentir... Ser leal a la banda era mentir a su padre. Decirle la verdad a su padre era perder la confianza de la banda. Sus pensamientos no podían estar más confusos.

TONICO echó a correr y entró en su casa. Allí estaba Armando arreglando aparatos descompuestos, todo el santo día encerrado en aquella habitación.

—Giuseppe está en el bar. ¿Por qué no te vas allí?

Armando miró a su hijo, sorprendido:

—Sabes muy bien que no tengo tiempo. Y aunque lo tuviese, no quiero volver a ver a ese maldito italiano...

Antes, su padre apreciaba al italiano; pero ahora ya no podía ni verlo; y sin ningún motivo. No pasaba un solo día sin que echase pestes de aquel extranjero.

—¡Vienen aquí a enriquecerse, a explotarnos! Y,

cuando ya son ricos, pisotean a todo el mundo. Eso, si es que no se enriquecen robando...

Una vez, Tonico le respondió:

—¡No digas eso, papá! Giuseppe lleva aquí más de veinte años y es más pobre que nosotros.

—¡Eso, ni hablar! ¡A saber el dinero que tendrá escondido dentro del colchón!...

No merecía la pena discutir con su padre. El pobre... ¡Cuarenta años! Un viejo...

—Los viejos son así —había dicho una vez Yoca—. Ahí tienes a mi padre y a mi madre: siempre dándonos la lata. Yo ya no les hago caso; en cambio mi hermano se pone furioso.

Tuca, un regordete de mofletes colorados, dijo:

—Es porque los padres se creen que nosotros somos siempre unos bebés.

—No es eso, sino que no quieren que corramos, ni que gritemos, ni que juguemos al balón...

—¿Por qué? —preguntó Valdo, que tenía ya diez años pero que hacía siempre unas preguntas más ingenuas...

—Porque son ellos los que mandan —respondió Teco-Teco.

—Porque se creen que los niños deben ser como ellos...

—¿Habrán sido ellos alguna vez como nosotros? —preguntó Valdo con su aire despistado de siempre.

Todos se echaron a reír.

—A mí me parece que éste no va a saber ni cómo se hacen los niños —dijo Yoca dándole un empujón a Valdo, que casi se cayó de culo y se quedó mirando a su compañero, con cara de extrañeza, con unos ojos como platos.

—¡Bah! Eso lo sabe todo el mundo —exclamó Valdo.

—El chiquitín, con su mamaíta —dijo Tatá con una vocecilla finita, contorsionándose.

Mosquito Eléctrico empezó a reírse a carcajadas, hizo unos visajes raros con los ojos, hizo una mueca, sacudió los pies y las manos como si hubiese recibido una descarga eléctrica. Era su «gracia» preferida, a la que debía su mote.

Relé echó un taco, escupió y dijo:

—¡Vaya una discusión más idiota! ¡Críos! Eso es lo que sois todos: unos críos —y se levantó y se fue.

Todos se echaron a reír. Teco-Teco hizo *brummmm, brummmm,* como el motor de un avión, y salió corriendo. Los demás se fueron detrás de él. El último, Tonico. No tenía ganas de volver a casa. Pasó la mano por el lomo de *Gasolina.*

—Vámonos.

El perro se puso a trotar al lado de Tonico. Pasaron corriendo por delante de la casa de Manuel.

—¡Eh, eh! ¡Ven, Tonico! *¡Gatooo!*

Tonico se acercó.

—Oye, *Gato,* yo quería decirte que estoy muy disgustado por lo que pasó el otro día. Cuando yo sea el amo de la panadería, puedes decírselo a la banda, os daré el pan gratis todos los días, incluso bollitos de leche, y te devolveré el dinero que tu padre...

Tonico le cortó:

—¡Eres idiota! ¡No es cuestión de dinero! Y tampoco la pandilla va a querer tu pan gratis ni nada. ¿Tú te crees que todo se arregla con dinero?

—No tengo ningún amigo... —dijo Manolín. De repente, sonrió—: ¿Quieres tú ser mi amigo?

Tonico sacudió la cabeza con aire de duda.

—¿Por qué no te metes en la banda?

—Mi padre no quiere, me pega...

—Pues si te pega, te largas de casa; así aprenderá.

—¿Y adónde me voy?

—Yo qué sé... Por ahí...

—¿Solo? Voy a ahorrar dinero para comprarme unos patines de ruedas... Así iré más rápido. Y si me persigue no me podrá coger.

—Si te escapas, díselo a la banda.

Manolín sonrió:

—Escucha, Tonico, no te enfades por lo que te he dicho de darle el pan de balde a la banda y devolverle el dinero a tu padre, ¿eh? A mí no me importa que el balón rompiese las tejas y el cristal, ¿sabes? ¡Ojalá hubiese roto más! Así mi padre se habría puesto todavía más furioso... Yo no le quiero, Tonico, y todos los días me pega, y sólo he dicho lo del pan y lo del dinero para que tú estés contento, ¿sabes?

Tonico quiso responder, pero no supo qué decir. No sabía explicarse por qué no le gustaba que el portuguesito tuviese esa manera de hacer favores a la banda. Miró al chico con un poco de pena, un poco de rabia y un poco de desprecio. Volvió la espalda y se alejó lentamente, chutando una caja vacía de cerillas.

2

TODOS recordaban la historia del balón. Antes, la pandilla jugaba al fútbol en la calle con un balón de trapos. Pero un día Valdo llegó con un balón de verdad, de cuero, medio descosido, medio desinflado, pero que, una vez arreglado por el padre de Tatá, que era zapatero, parecía nuevo. ¡Era el primer balón de la pandilla!

Cuando llegó Valdo con él y chutó, todos gritaron de alegría. Y empezaron a chutar a diestro y siniestro. Al cabo de un rato, el balón había aterrizado en el tejado de la casa de Manuel, el panadero. Cayó en la cima y empezó a rodar, pero como estaba todavía medio desinflado se paró en el canalón y allí se quedó. Los chiquillos buscaron un palo pero no había ninguno lo bastante largo como para llegar al tejado, a pesar de que la casa no tenía más que la planta baja.

Entraron en el jardincillo. No había nadie. Penetraron trepando por la verja —la regla era no entrar nunca por una puerta— y comenzaron a tirar piedras para que cayese el balón. Sí, de acuerdo, pero el balón seguía en el canalón sin moverse. Parecía haber echado raíces. Fue entonces cuando Farina dijo:

—¡Voy yo por el balón!

El canalón hacía un recodo arriba, y luego bajaba paralelo al muro de la casa. Estaba sujeto por unas abrazaderas de hierro, salientes y espaciadas. Farina comenzó a trepar por el canalón, apoyando los pies contra el muro. Al llegar a lo alto, cerca ya del tejado, puso un pie sobre la abrazadera de hierro, una mano en el canalón, se estiró y ¡pam!, le pegó un golpe al balón. Cayó éste en medio de los muchachos, que aguardaban, pero bajo el peso del cuerpo de Farina, que pesaba lo suyo, se desprendió un trozo de canalón. La parte que formaba el recodo y el tramo hasta la primera abrazadera se separaron del muro, y el negrito se quedó medio colgando en el vacío, a punto de caerse. Logró deslizar las manos e hizo un esfuerzo para apoyar los pies en la contraventana, que estaba abierta. Pero se confundió, dio una patada en la ventana y rompió el cristal.

Al ruido de los vidrios rotos, la mujer de Manuel, que estaba en la pila lavando la ropa, acudió corriendo. Cuando la gorda mujer apareció por la puerta, ya Farina y el resto de la banda habían volado. La señora Adelaida contaría más tarde que había echado a correr hacia la puerta de la casa y que había llegado a tiempo de ver las patorras —ésa fue la palabra que empleó— y un poco del pantalón azul de Tonico, que en aquel preciso momento torcía la esquina de la calle, a todo correr.

Manuel fue derecho a quejarse al padre de Tonico. Armando llamó a su hijo. *Gasolina* vino detrás de él y empezó a ladrar como un condenado al ver a Manuel, pero sin abalanzarse. El padre de

Tonico se enfadó. Le pegó un puntapié al perro. *Gasolina* se alejó quejándose, con el rabo entre las piernas, pero continuó ladrando a lo lejos.

«¡Pobre! —pensó Tonico—. Ha cobrado por culpa nuestra».

—Bueno, señorito —el padre hablaba con una calma exagerada—, habéis tirado piedras al tejado de la casa de Manuel, habéis roto las tejas, arrancado el canalón y, para rematarlo todo, habéis roto el cristal de la ventana y pisoteado las flores del jardín.

—¡Yo no! —respondió Tonico.

Manuel intervino: su mujer había reconocido las piernas y el pantalón azul de Tonico. Tendrían que pagarle los desperfectos, y como Armando se negase lo denunciaría en la comisaría.

—Di, Tonico, ¿por qué has hecho eso?

—¡Yo no he sido, papá!

—Pues si no has sido tú, ¿quién ha sido?... ¿Con quién estabas?

Tonico, mudo.

—¡Di quién ha sido! ¿Estabas con la banda?

Armando se acercó a su hijo y lo zarandeó.

—¡Que me digas quién ha sido!

Tonico mudo. Armando empezó a quitarse el cinturón de cuero. Dijo entre dientes:

—Si no quieres hablar, vas a cobrar.

Tonico, mudo. Pálido y mudo.

Uno..., dos zurriagazos.

—¡Habla!

Tonico, mudo. Mudo y obstinado. En esto que llega Teco-Teco. Teco-Teco debía su mote al hecho de que se pasaba el tiempo imitando el ruido de un

avión. Se detuvo en la puerta y se quedó mirando por el resquicio.

Tonico se tragaba el dolor de los azotes y la rebeldía contra su padre, además de la rabia contra el panadero, que parecía gozar con el castigo que estaban infligiendo al muchacho. Las lágrimas, contenidas, le hacían temblar. El sentido de la injusticia, el dolor de los cintarazos, la rabia y la impotencia, todo le dejaba jadeante el cuerpo y el alma.

Tres..., cuatro..., cinco.

—¡Habla!

Teco-Teco espiaba horrorizado. Tonico, mudo, apretaba los dientes de rabia. Temblaba de rabia. *Gasolina* ladraba y se avanzaba contra Armando, hasta que éste desvió la trayectoria del cinturón y le dio un latigazo. Gimió el perro, corrió hacia Teco-Teco como solicitando ayuda, se volvió de nuevo y saltó para morder el cinturón. Tonico gritó:

—¡Vete, *Gasolina!*

Pero no tuvo tiempo de hacerlo. Armando agarró al perro y lo tiró contra la pared. Teco-Teco contemplaba todo con cara de espanto, sin poder moverse. Manuel se relamía los labios de satisfacción. Tonico se lanzó y cogió en brazos a *Gasolina.* Fuer peor. Armando estaba como loco. Se abalanzó contra Tonico y empezó a golpearle sin parar.

—¡Basta, papá! ¡No me pegues más! ¡No me pegues más!

Tonico estaba caído en el suelo, hecho un ovillo para proteger a *Gasolina* de los cintarazos.

Armando se detuvo, pálido, sin aliento.

—Los niños no aprenden sino a golpes —dijo el

dueño de la panadería *Miraflor*. Cada vez que le pegaba a su hijo repetía la misma frase.

—¿Sabe usted, Armando? Con mi Manolín no hay compasión que valga. ¿Que hace algo mal? ¡Palo que te crió! Hay que hacer de él un hombre de bien...

Armando no respondió. Se metió el cinturón por las presillas del pantalón, ajustó la hebilla y se quedó en silencio; después se sentó y continuó su trabajo.

—Bueno, y ahora, después que ha castigado a su hijo, yo quiero saber quién va a pagarme los destrozos. Usted tiene que responder por Tonico.

Sin decir una palabra, Armando abrió el cajón. Sacó dinero y lo contó: diez billetes de cien y dos de quinientos. Dos mil cruceiros [1].

Tonico empezó a gritar:

—¡No he sido yo, papá! ¡No le des ese dinero, papá!

Pero Armando estaba poseído de una rabia ciega y destructora. Agarró el dinero y se lo entregó a Manuel: dos mil cruceiros. Se volvió y descubrió entonces la presencia de Teco-Teco, que había asomado la cabeza. Corrió hacia la puerta gritando:

—¡Fuera de ahí, chivato! ¿Qué haces espiando en las casas de los otros? ¿Vas a contárselo a la banda? ¡Largo de aquí, so golfo!...

Teco-Teco echó a correr.

Gasolina gemía en voz baja. Tonico lloraba y se frotaba los ojos. No quería llorar, pero lloraba y

---

[1] Cruceiro: moneda de Brasil que vale hoy, más o menos, una peseta.

estaba furioso por llorar. Se acostó en el suelo, con la cabeza junto a las patas de *Gasolina*, abrazando al perro, que le lamía la cara sin parar. Tonico lo acariciaba y los dos se consolaban mutuamente.

Después que se hubo marchado Manuel palpándose con la mano el dinero que se había metido en el bolsillo de su chaqueta, Armando dijo:

—Era para comprarte una bicicleta por Reyes, para que no tuvieras que hacer los repartos a pie. Pero se acabó todo; ya no hay bici ni nada.

—¡No quiero la bicicleta! ¡No quiero nada!

Se levantó, cogió a *Gasolina* por el collar y se dispuso a salir. Le dolía todo, por dentro y por fuera. Se marcharía, se escaparía, y su padre nunca tendría noticias suyas.

«¡Malo!», se dijo para sus adentros.

—No salgas.

Armando fue a la puerta y la cerró.

—No salgas a la calle; estás castigado hasta el domingo. A no ser que me digas quién causó los desperfectos en casa de Manuel.

Tonico se paró delante de su padre. Dijo con rabia:

—Me pegas porque soy un niño. Si fuese mayor no me pegarías...

Armando zarandeó a Tonico.

—¡Siéntate y cállate!

Tonico se mordió los labios, dio bruscamente media vuelta y se sentó en el banquillo manchado de grasa. Se apoyó sobre la mesa y puso su cabeza entre los brazos.

«¡Ya podía morirse, a mí qué me importa!», pensó. Experimentaba una fatiga enorme.

La bicicleta llegó al mismo tiempo que el sueño: la bici se detuvo, subió, bajó, dio vueltas y más vueltas, creció, se achicó, desapareció... La bici. El piloto rojo de la bici. El manillar de la bici. Tonico sentado en el manillar de la bici... ¡Todo se apagó! ¡Se acabó! Todo está apagado, todo está oscuro. Ya se fue el piloto rojo de la bici. Y la rueda de la bici. Y la bici. Ya no queda nada... Nada más que la bici... Nada más que la bici... Ya nunca tendrá la bici. Panadero - bicicleta - pan - panadero - bicicleta - panadero - pan - bicicleta - bicicleta - pan del panadero. EL PANADERO SE HA COMIDO LA BICICLETA.

—Sí, señor —afirmó Teco-Teco—; yo lo he visto. Yo estaba mirando por el resquicio de la puerta y lo he visto todo. Al *Gato* le han dado una paliza con el cinturón, pero no ha dicho nada... ¡Yo lo he visto!

—Merece la confianza de la banda —sentenció Román.

—Ya sabía yo que no hablaría —dijo Farina—. Ahora voy a ir a decirle a Armando que fui yo quien lo hizo.

—No vayas —intervino Bulldózer—. Eso no arreglaría nada. Vamos a ir todos, la banda entera, a hablar con el padre del *Gato*.

Y fue toda la banda en masa. Los tres mayores: Román, Farina y Bulldózer; y los pequeños: Relé, Teco-Teco, Valdo, Pirulí, El Alemán, Mosquito Eléctrico, Yoca y Tatá.

Llamaron a la puerta. Tonico se asomó por la ventana.

—¿Vosotros?

—Abre la puerta, Tonico. Queremos hablar con tu padre.

—Ha salido; ha ido a comprar pan. ¡Iros!...

—¡No! Queremos hablar con él —insistió Román—. Vamos a decirle lo que pasó.

—¡Iros, iros! Mi padre no quiere ni veros. ¡Se acabó! ¡No hay nada que hacer!... Si os ve aquí será peor. ¡Marchaos!

—Pues entonces vente con nosotros —propuso Bulldózer.

—Estoy castigado hasta el domingo... Además, mi padre ha cerrado la puerta con llave...

—No hay derecho, no tiene por qué castigarte. Salta por la ventana —insistió Bulldózer.

—No puedo... —respondió Tonico con aire afligido.

—Vamos a explicarle a Giuseppe lo que ha pasado para que venga él y hable con tu padre —propuso Román.

—¡A Giuseppe no! Mi padre está furioso contra él. Todavía si fuese a Juan, el carpintero... Mi padre es amigo suyo... Iros, que va a venir mi padre; sólo ha ido a comprar pan, no puede tardar...

—Vale —dijo Bulldózer—, nos vamos. Pero ya no te van a castigar más, te lo prometo.

Gasolina se puso loco de contento al oír la voz de los chicos. Comenzó a correr, a saltar, a ladrar. Se dirigió después hacia la puerta y se quedó en pie, moviendo el rabo.

—Ya se han ido —dijo Tonico acercándose al animal. Tomó un trozo de madera que había en el suelo y lo tiró—. ¡Busca, *Gasolina,* busca!

Gasolina dio corriendo la vuelta a la mesa e intentó coger el tarugo al vuelo.

—¡Aquí, *Gasolina!* Tráemelo, tráemelo...

ARMANDO giró la llave en la cerradura y entró. Tonico no miró a su padre. Se sentó de nuevo en el banquillo y apoyó la cabeza entre los brazos, sobre la mesa.

—¿No ha venido nadie? —preguntó Armando.

Tonico, mudo, hizo como si estuviese dormido: «Ya no le volveré a hablar.»

—¿Tú te crees que te vas a quedar así sin hacer nada?

Tonico siguió mudo.

—Aquí el que no trabaja no come —dijo Armando—. Hoy te quedas sin comer. Y como sigas de morros, tampoco vas a cenar.

Tonico, mudo, no responde. Armando se levanta y se va a la cocina. «Va a comer. ¡Ojalá se muera! ¡Maldita sea! ¡Malo!», decía Tonico hablando consigo mismo.

Juan el carpintero, entró.

—¿Qué hay, Tonico? ¿Está tu padre en casa? Tonico levantó la cabeza.

—Creo que está comiendo en la cocina...

—¿Y tú no comes?

—Estoy castigado.

—Ya lo sé, Román me lo ha contado. Ese panadero es un miserable.

Juan entró en la cocina.

—Buenos días, Armando. Ya me han contado los chicos lo que ha ocurrido. Pero Tonico no ha tenido la culpa; él no ha hecho nada. Estaba, simplemente, viendo cómo cogían el balón, que se había enganchado en el tejado.

—Ya lo sabía —contestó Armando—, pero Tonico necesitaba una lección.

Tonico había seguido a Juan, de puntillas. Pegado a la pared del pasillo, estaba escuchando la conversación de los dos hombres. ¡Conque su padre sabía que él no había sido!...

—¿Lo sabía usted, Armando, y le ha dado a Tonico una paliza con el cinturón?

—Para que aprenda a no juntarse con esa banda... Para que aprenda a decir la verdad...

El carpintero movía la cabeza.

—¿Pero no comprende usted, Armando, que Tonico no podía denunciar a sus compañeros? Tonico es un chico leal; debería estar orgulloso de su hijo, y en cambio lo que hace es pegarle. En fin, he venido a pedirle que le levante el castigo a Tonico. Me hace falta un ayudante en el taller y he venido a pedirle que me deje al chico unos días. Le pagaré por su trabajo cinco cruceiros al día... Es mejor...

Ahora Juan hablaba en voz baja. Tonico ya no lograba entender nada. Volvió a la sala, de puntillas, se sentó en el banquillo y se puso a pensar. Quería a Juan el carpintero más que a nadie en el mundo. Ahora le quería más que a su padre. Suspiraba porque su padre le dejase ir a trabajar con Juan... «¡Que me deje! ¡Que diga que sí!»...

Se oyeron unos pasos que se acercaban. «¡Que diga que sí, que diga que sí!»...

—Tonico, ve a comer. Vas a ayudar a Juan, vas a trabajar unos cuantos días en su taller porque necesita ayuda. Te levanto el castigo porque Juan me ha pedido que vayas a ayudarle unos días...

Tonico echó a correr por el pasillo, entró en la cocina y se paró delante del carpintero. Levantó la mirada y dijo:

—¡Gracias, Juan! No quiero comer; vámonos.

Tomó un trozo de pan de encima de la mesa y salieron los dos. Juan delante, Tonico detrás. Ya en la calle, caminaba al lado del carpintero.

3

HACIA ya varios días que Tonico estaba trabajando con Juan. Estaba encantado. Veía poco a la banda, pero una tarde Yoca vino a hablarle. Le llevó aparte y le dijo al oído:

—De parte de Román, que mañana hay reunión en el garaje del padre de Teco-Teco. A las ocho y media de la mañana. Arréglatelas para ir. Es importante...

—De acuerdo —respondió Tonico.

Juan el carpintero quería mucho a Tonico. Y éste, por su parte, hacía todo lo posible para agradar a su viejo amigo.

—Tú podrías ser mi hijo —le había dicho Juan un día—. Yo no tengo hijos y mi mujer está siempre enferma, la pobre. Ella también quería tener hijos, pero nunca hemos tenido ninguno. Cuando nos casamos queríamos tener tres niños y tres niñas, como fuimos en mi familia. ¡Era tan alegre!... Nosotros éramos pobres, mi madre era lavandera, mi padre carpintero; pero éramos felices. Mi madre fue la primera en morir, y poco después siguió mi padre. Entonces, cada uno de los hermanos tiró por su lado y ni siquiera sé dónde están... Me parece que uno de mis hermanos está en Maipuré, pero no sé... ¿Quieres venirte a vivir conmigo en mi casa? ¿Te dejaría tu padre?

—No me va a dejar, Juan, no. Mi padre me quiere. El otro día me pegó mucho porque estaba furioso, no porque sea malo, no. No quiere que me junte con la banda, es por eso...

—¿Y no te dejaría pasar algún tiempo en mi casa? Mi mujer se pondría muy contenta.

—Pero es que mi padre dice que ya me necesita, que él no puede hacer todo solo. Ayer me lo dijo. Yo creo que quiere que me vuelva ya a trabajar con él...

—Realmente, Armando tiene mucha suerte. Tú podrías ser mi hijo. ¡Cómo me gustaría!... Escucha, Tonico, acércame ese montón de tablas que están ahí, en el rincón. Voy a empezar la mesa que me encargaron ayer.

Tonico acercó las tablas y se quedó en pie, mirando a Juan. El carpintero midió los tablones, los cortó y se los pasó a Tonico para que los lijase. El muchacho se paró de repente y preguntó:

—Juan, ¿se acuerda usted de aquel viejo que estaba un domingo en la plaza? Me parece que ya he adivinado lo que quería decir... ¿Se acuerda usted?

—Me acuerdo de él, pero yo no oí de qué estaba hablando.

—Era un viejo muy raro. Me contó una historia...

—Ya hablaremos luego —dijo el carpintero—, que si no me voy a confundir.

Tonico continuó lijando las tablas. Cuando se marchaba para volver a su casa, le dijo a Juan:

—Mañana vendré un poquito más tarde.

Juan comprendió que era por lo de la visita de Yoca, pero no le preguntó nada. Trataba a Tonico como a un hombre. El chico era un trabajador y hacía todo lo que se le mandaba. Sabía muy bien que el hijo de su amigo estaba allí sólo por unos días. Le había propuesto a Armando que Tonico fuese a trabajar a su taller, para que los dos olvidasen más pronto lo ocurrido. El padre de Tonico había tenido tiempo de reflexionar y estaba arrepentido de la forma como había castigado a su hijo. Por su parte, el muchacho estaba más alegre y parecía haber olvidado la injusticia de que había sido víctima. «Entre padre e hijo todo se arregla pronto —pensó el carpintero—. Yo ya sé que Tonico me dejará pronto. Lo siento, pero ¡qué remedio! Un padre es un padre. Si fuese hijo mío yo no le dejaría marcharse de casa.»

A la mañana siguiente, Tonico se despertó pensando en el viejo de la plaza. ¿Había sido un sueño? ¿O había salido realmente de la pared, de esa mancha oscura de humedad que había en la pared? Mucha gente había salido ya de esa mancha. Un día había visto en ella la cara de Giuseppe. El italiano había hecho una mueca muy rara y había desaparecido; no había quedado más que la mancha oscura en la pared.

EL VIEJO de la plaza no le dijo nada. Se acercó y se sentó en el filo de la cama; no se movía, solamente miraba. Tonico le preguntó sin hablar:

—¿Ha vuelto usted otra vez por allí?

El viejo sacudió la cabeza y respondió sin voz:

—No, no he vuelto por allí.

—¿Y el dragón? —insistió Tonico.

—El dragón..., aquello había terminado, ¿no te acuerdas? Pero ahora ha vuelto otra vez y anda por aquí. ¿No lo has visto?

Tonico dijo que no con la cabeza, sin hablar. Entonces el viejo se levantó y, caminando hacia atrás, dijo:

—Ha vuelto el dragón y anda suelto por aquí...

Dijo eso y desapareció. Tonico no lo vio muy bien, pero le pareció que se había metido por la mancha oscura de la pared. Mucha gente había entrado por ahí. Ahora, la mancha parecía una nube con ojos. Tonico abría un ojo, cerraba el otro, y la mancha se transformaba en otra cosa. Cada mañana y cada noche se divertía con la mancha oscura de la pared. En ella había mucha gente, muchos animales, muchas cosas. Bastaba abrir un ojo, cerrar el otro, guiñar un poco los dos ojos.

Dos meses antes de que estallase la revolución había aparecido el viejo, un domingo. Se había sentado en un banco de la plaza, delante de la iglesia, y había empezado a hablar solo. Al principio nadie le prestó atención. Luego se rieron de él y dijeron: «El pobre... está loco... ¡Estos que vienen del norte!...» Otro añadió: «Dicen unas cosas que no las entiende nadie. El otro día había uno que quería salvar el mundo.»

Mucha gente se había reído y se habían burlado del viejo. «Está chalao», habían dicho los chiquillos.

A Tonico no le importó eso y se fue acercando poco a poco para oír lo que estaba contando el barbudo.

Durante el verano, el domingo por la tarde, la plaza hervía de gente que salía a tomar el aire, a respirar, a olvidarse del olor a moho y a cocina de sus viviendas asfixiantes. Las mujeres charlaban en corros. Los hombres tomaban unas cervezas en los bares y la chiquillería corría sin parar. Las muchachas aprovechaban para coquetear con los muchachos situados a todo lo largo de la acera, y todo tenía un aire de fiesta y de alegría hasta el momento en que llegaban los soldados. Eran pendencieros, provocadores, y todo el mundo les tenía miedo.

El viejo hablaba y se reía solo. Algunos niños se habían acercado, formando un círculo a su alrededor. Un chico preguntó:

—¿Por qué tiene usted la barba tan larga?

El viejo respondió:

—Porque soy más viejo que el mundo.

—¿Cuántos años tiene el mundo? —preguntó otro niño.

—Es tan viejo como yo.

—¿Pero qué edad tiene usted? —insistió una niña.

—Yo soy más viejo que el mundo —repitió aquel hombre.

Los chiquillos se echaron a reír y comprendieron que el barbudo tenía la edad de ellos multiplicada por mil.

El viejo continuó:

—Yo he visto muchas cosas que nadie ha visto...

—Cuéntenoslas —le pidió Tonico. Y se sentó a su lado, en la hierba, y cruzó las piernas. Los otros niños le imitaron.

El viejo comenzó:

—Una vez conocí yo un gran país, hermoso, muy hermoso: playas blancas, mar azul, ríos enormes, bosques como no existen otros... De eso hace ya tiempo. Era un país muy rico; había minas de oro, de plata... Los diamantes y las piedras preciosas eran entonces tan abundantes como las piedras del camino. Y los verdes campos producían toda clase de cosas buenas.

Pero en ese país vivía un monstruoso dragón que se comía todo y robaba todo, y todo el mundo le tenía miedo. Nadie había visto nunca al monstruo, pero todos sabían que estaba en todas partes. El cuerpo del dragón estaba formado por muchos trozos que se unían o se separaban cuando él quería. Y cada trozo, cuando se separaba, era un bandido armado hasta los dientes, vestido de verde y con una careta verde de saltamontes. Por entre sus manos de saltamontes asomaban bayonetas y metralletas que disparaban: ¡pam!, ¡pam!, ¡pam!, y todos los que por allí pasaban, morían.

Los bandidos se dispersaban por los cuatro puntos cardinales del país, prendían a las gentes, las torturaban lentamente y luego las mataban. Después devoraban las cosechas de alubias, de maíz, de batatas, de mandioca... Ya nadie tenía nada para comer. Al llegar la noche, aquellos trozos del dragón se convertían en murciélagos vampiros y chupaban la sangre de las personas y de los animales. Ya no quedaba ni una vaca ni un toro gordos, todos estaban más flacos que un saco con cuatro patas. Los caballos se caían en cualquier sitio ¡los pobres! por el hambre que tenían. Apenas maduraba el maíz, llegaban las langostas y ¡crac, crac, crac!, se comían todo. Y lo que no se comían se lo llevaban en unos grandes barcos y lo enviaban al otro confín del mundo, donde habitaba el rey de los dragones. Había tanta sangre que los ríos venían rojos y el mar estaba rojo.

¿Música? ¿Alegría? ¿Canciones? ¡Nada! Solamente el viento, que lloraba en las plantaciones de caña de azúcar, diciendo: *«¡Qué triste! ¡Qué triste!...»*

Pero nadie sabía por qué lloraba el viento, ni nadie entendía lo que el viento decía. Tal vez porque aquella gente estaba habituada a vivir con miedo y hasta se habían olvidado de que la vida era bonita.

Un día, las cañas de azúcar se volvieron amargas y todo fue ya más triste. Pasó el tiempo, y un día llegó un chico en un avión pintado de rojo. Se posó como un gavilán en lo alto de la montaña y habló con un altavoz. Su voz se oyó en los cuatro puntos cardinales: *«Sólo se podrá luchar contra el dragón el día en que los habitantes de este país completen el mensaje secreto del viento.»*

Apenas había acabado de hablar el niño aviador, cuando se oyó un rugido espantoso. La montaña tembló, y la tierra tembló, y todos temblaron con la tierra y la montaña cuando el dragón se abalanzó para devorar al joven aviador. Pero éste subió a su avión pintado de rojo y desapareció en el cielo. Y sólo se vio una nube de papelitos blancos que decían: *«¡Qué triste! ¡Qué triste!...»*

Pero todos habían visto ya al dragón monstruoso, que era más feo que el diablo, y se habían encerrado en sus casas con siete llaves, con siete candados y siete cerrojos.

Y en medio de la noche empezó a sonar una guitarra; y una voz enorme, que era la voz de todas las gentes reunidas, se puso a cantar:

«¡Qué triste! ¡Qué triste!
¡Qué triste cuando el azúcar
se vuelve amargo!
Pero mil veces más triste es
ser un pueblo esclavizado.»

Se oyó entonces un trueno subterráneo, y todos comprendieron que comenzaba la lucha contra el dragón. Era el monstruo que se revolcaba por la tierra, rabioso. Entonces, el viento cambió de tonada y empezó a cantar:

«Todos saben muy bien,
todos saben muy bien...»

Al día siguiente volvió el niño aviador. Esta vez descendió en medio de la muchedumbre y dijo por el altavoz:

«Vendré una tercera vez, cuando todos hayan completado el segundo mensaje del viento.»

Se oyó entonces un ruido terrible. Era el monstruoso dragón que rodaba por tierra, derribando los árboles y las casas: ¡plac, plac, plac!...

La segunda noche, la guitarra empezó de nuevo a sonar, y la voz enorme de todas las gentes cantó:

«Todos saben muy bien,
todos saben muy bien,
que el dragón es un miserable.
¡Vamos todos a luchar contra él!
¡Vamos todos a exterminarlo!
¡Vamos todos a exterminarlo!»

A la mañana siguiente llegó el niño aviador en su avión pintado de rojo, y todos los que habían sido encarcelados, torturados y asesinados se levantaron, y de pronto aquella multitud empezó a caminar, y el viento sopló por las calles y entró por las casas gritando:

«¡Al combate! ¡Al combate!»

Y los cuatro puntos cardinales se pusieron a girar, y todo se asemejaba a un río cuya fuerza era tan grande que el monstruoso dragón, al ver aquello, comenzó a dislocarse en mil trozos que no tuvieron tiempo de convertirse en bandidos. Fueron atrapados uno tras otro y quemados en una hoguera enorme, la noche de San Juan. La muchedumbre recogió las cenizas del dragón y las metió en siete cajas de hierro, y siete barcos las llevaron al rey de todos los dragones, que habita en la otra punta del mundo, con una carta que decía: *«¡Se acabó el tiempo de los dragones!»*

Tras la muerte del monstruoso dragón, todo fue más bonito, todo fue bueno, y yo me marché por todo el mundo a contar lo sucedido, para que todos sepan que cuando aparece el dragón, hay que acabar con él antes de que él acabe con nosotros.

—¿Y cómo era el dragón? —preguntó Tonico sin hablar.

Pero ya no tuvo tiempo; el viejo había desaparecido por la mancha de la pared.

—¿Y el avión rojo? —preguntó sin voz un niño vestido de azul marino.

¡TONICO, levántate! Ya son más de las ocho. ¡Levántate!

Tonico abrió los ojos espantado. ¡Más de las ocho! ¡La reunión en el garaje del padre de Teco-Teco! Tenía que correr.

—¡Tonico! ¡Tonico!

—¡Ya voy, papá! Ya estoy levantado.

Tonico tomó apenas unos sorbos de café. Iba a salir corriendo.

—Tómate el café tranquilamente. ¿Por qué tienes tanta prisa? Juan te perdona todo lo que le haces. Te quiere mucho. Hasta me ha pedido que te vayas a vivir con él. ¿Tú te irías?

Tonico levantó la cabeza. Estaba atándose los cordones. Levantó la cabeza y miró a su padre. Armando le miraba fijamente. Las dos miradas se encontraron.

—¡No, papá! Solamente si tú ya no me quieres aquí.

Armando se acercó a su hijo y le besó. La frente de Tonico rozó la barbilla de su padre y también él le besó. Tonico experimentó un consuelo enorme, algo que le hacía crecer por dentro. Pasó sus brazos alrededor de la cintura de su padre y apoyó su cara contra el pecho de Armando.

—No me pegues nunca más, papá...

—No, hijo...

Armando no podía hablar. Apartó a Tonico y se sentó. Tonico sonrió.

—Hasta luego, papá.

Llegó a la puerta y se volvió.

—¿Y *Gasolina*? ¿Dónde está *Gasolina*? ¡*Gasolina*!

—Debe de estar en la calle. Salió cuando abrí la puerta para ir a comprar la leche.

«*Gasolina* debe de estar con la banda —pensó Tonico—. Andaría por la calle, pasaría cualquiera de ellos y lo habrá seguido.»

TONICO entró como una ventolera en el garaje y se sentó en primera fila. Toda la banda se hallaba presente. Luego, Merengue se levantó y se marchó. Fue en aquella reunión cuando el *Gato* fue nombrado *enlace* entre la banda de los chicos del barrio de *Repique* y los hombres que apoyaban la revolución del general Máximo Faria contra el gobierno dictatorial del presidente Acipitriano Mendes.

4

LA BARRIADA quedaba protegida por detrás por el alto muro de la iglesia. Era un punto *estartrégico*, decía Farina cambiando una «r» de lugar y poniendo otra por su cuenta. Las dos calles que salían desde el centro de la ciudad en dirección a Repique convergían donde la iglesia, formando una V. Quienquiera que se dirigiese a la fábrica de municiones tenía que pasar inevitablemente por allí. Eso, suponiendo que lograse salvar las barricadas y las trincheras de arriba, antes de dar la vuelta a la placita de la iglesia y coger la calle Baja.

Al principio, los chiquillos habían cortado la entrada de la calle, pero ante las protestas de los vecinos, los *mayores* habían decidido retirar las piedras y los ladrillos hasta el muro de la iglesia.

—Ahora ya no es una barricada, sino una trinchera —había dicho Relé.

—¡Es una barricada! —había contestado Román—. Una trinchera está excavada en el suelo.

—Es una barricada —concluyó Farina—. Si antes era una barricada, porque haya cambiado de sitio no va a cambiar de nombre; sigue siendo una barricada.

La pandilla hacía ejercicios todos los días detrás de la barricada: pasarla por arriba a saltos, salir trepando, andar en cuclillas o arrastrándose, no asomar la cabeza más que en caso de necesidad. Las armas eran unas hondas que lanzaban piedras del tamaño de un huevo de paloma. Los proyectiles estaban en el suelo, en montoncitos, cada dos metros.

Los dos primeros días hubo protestas de los vecinos del barrio y muchas discusiones. Pero, ¿qué es lo que se podía hacer contra la banda de los chicos?

—Están cerradas las escuelas, y los críos tienen que hacer algo —había dicho Juan, el carpintero, saliendo en defensa de los chicos.

—Más vale que organicen una banda, que no que anden vagabundeando cada uno por su lado. Así, al menos, juegan y hacen ejercicio... —había dicho el sargento Felipe dos Santos, cuyo hijo, Relé, formaba parte de la banda.

ERA UN barrio de gente modesta: obreros, artesanos, braceros, criados. La mayor parte vivía en pequeñas casitas, en pisos modestos o en casas de huéspedes, que olían a cocina desde la puerta de entrada. Era la gente que tenía los salarios más bajos de la ciudad. Sin excluir a los tres o cuatro médicos y dentistas que vivían de esta clientela pobre, y eran casi tan pobres como ella.

Decían que el nombre del barrio, *Repique,* le venía de las campanas, que antes sonaban varias veces al día porque la iglesia tenía un sacristán que repicaba las campanas tan bien como si fuesen un instrumento de música.

El barrio de Repique estaba plagado de fabriquitas, talleres, garajes para camiones y talleres de reparación de automóviles. También estaba allí el gran hangar donde se guardaban durante la noche los autobuses municipales, un sitio ideal para los chiquillos que, burlando la vigilancia del guarda, iban allí a jugar al escondite y a guardias y ladrones.

En Repique vivía gente trabajadora que se mataba de la mañana a la noche y que, como decía el padre de Tatá, que era zapatero, «comen arroz y alubias toda su vida y nunca prueban, ni siquiera en un día de fiesta, las cosas buenas que son lo diario en la mesa de los ricos».

En ese ambiente, la revolución debería lógicamente haber encontrado su mejor apoyo. Pero no fue eso exactamente lo que pasó. Mucha gente no sabía leer ni escribir y no comprendía lo que estaba sucediendo; sólo veían los inconvenientes que el alzamiento les traía. Había gente del barrio que estaba contra la revolución; no sabían por qué, pero estaban en contra. Se señalaba a los que se habían declarado abiertamente en favor del Gobierno; por ejemplo, Armando.

Otros, más prudentes, se callaban porque corría el rumor de que iban a encerrar en un gran edificio a todos los que estaban en contra del Gobierno. Giuseppe había sido el que lo había dicho. Armando le había escuchado y después le había vuelto la espalda.

—Pues van a tener que arrestar a mucha gente; una prisión sola no va a bastar. Es mejor ser ahora prisionero de los rebeldes —que van a perder de todas formas— que no apoyarlos y luego verte perseguido durante el resto de la vida por el Gobierno. Van a ganar los ricos y es mejor estar de su lado. ¿Qué podemos hacer nosotros? El Gobierno es de ellos...

El padre de Tonico tenía miedo a la derrota de los rebeldes y a sus consecuencias: las represalias del Gobierno, que se desencadenarían contra los que hubiesen apoyado la revolución.

—¡Claro que sí! —decía el padre de Yoca, que al principio iba todos los días a hablar con el padre de Tonico y, de paso, echar un traguito de aguardiente sin que se enterase su mujer—. Claro que sí, los ricos siempre salen bien, nunca les pasa nada malo. ¿Y sabe usted por qué, Armando? Porque el Gobierno está en sus manos, les protege. A nosotros, no. Basta levantar la voz y uno pierde su trabajo, y después ya no hay nada que hacer.

Después de echar un trago, añadía:

—Los ricos pueden tener una opinión; los pobres no tienen ni el derecho a pensar. La opinión es un lujo, Armando...

Una vez, Giuseppe estaba allí y saltó:

—Usted se equivoca: hay ricos que ayudan a la *revoluzione*, y han dado dinero para comprar *armi*. *Tutta* la gente que tiene fábricas da dinero. *Tutti* son perseguidos, detenidos por *il* Gobierno. Aquí, el general Máximo Faria ha liberado a los presos políticos, pero *in tutto* el país la policía llama a la puerta y pregunta: «¿Usted está a *favore* o *contra* il Gobierno?» Si usted *risponde «a favore»*, vale. Pero si usted dice «contra», la policía le detiene y, ¡pam!, ¡pam!, patadas y puñetazos hasta que usted grita: «¡Que estoy a *favore!*» Pero ya es tarde, ya está *lisiato...*

—¡Qué *lisiato* ni *lisiato!* —interrumpió el padre de Yoca—. Se dice lisiado.

—*Bene, bene, tutti* lisiado... Yo *sono* italiano, *ma* si yo era *di questo* país, yo matar a *tutti* los malos *di una volta.*

Y Giuseppe hacía un gesto rápido como si le estuviese retorciendo el cuello a un pollo.

Giuseppe era un hombre de unos cuarenta años, alto; recogía chatarra y botellas vacías en su carrito de manos, y también los bulos de toda la ciudad. Hablaba mucho y repetía todo lo que oía a lo largo de su diario recorrido por las calles. Tenía un gran sentido de la justicia humana, y le hubiese gustado que todo el mundo fuese feliz.

El padre de Yoca, a veces estaba *por* y a veces *contra* la revolución. Cuando estaba *por*, se negaba a empuñar las armas «porque —decía— yo soy muy nervioso».

—Yo pierdo la cabeza por cualquier cosilla y puedo echarlo todo a perder...

—Pero basta con obedecer las órdenes —decía Giuseppe.

—¡Ahí está el problema! —respondía el padre de Yoca—. Vean ustedes mi situación: si, por lo que sea, antes de disparar hay que esperar a que los del

Gobierno estén cerca de nosotros, yo, con lo nervioso que soy, no me puedo contener, y disparo antes, y estropeo todo, y adiós la revolución. Es mejor que yo permanezca fuera, animando a los otros...

En cambio, cuando estaba *contra*, tenía un argumento diferente. Entonces decía:

—La revolución es para los soldados. Y como yo no soy soldado, pues no me meto en ello.

—¡Bravo! —berreaba Giuseppe—. Los otros que mueran, y *dopo* el señor a chupar de las ventajas...

Armando intervenía:

—Pero, ¿qué ventajas, condenado italiano? ¿Comer pan de harina de mandioca? ¿Pasar hambre como la vamos a pasar dentro de nada?

—Hay que *fazere* sacrificios —decía Giuseppe en su chapurreado, gesticulando con las manos—. Después, *tutto* será *buono*. El país es rico, hay gente para trabajar, no faltará nada... Si gana la *revoluzione* habrá fábricas para los obreros; *tutto* va a ser *buono, tutto* bello...

Llegados a este punto de la discusión, Armando reventaba de rabia:

—¡Un extranjero no tiene derecho a hablar!... Está prohibido.

—¡Lo que pasa es que yo sé *demasiada!* —gritaba Giuseppe—. Esa es mi desgracia, saber tanto. Si también yo fuese ignorante...

—¿A mí me llama usted ignorante? ¡Fuera, italiano! —rugía Armando, rojo como un pimiento morrón.

—Me voy y no volveré más a *questa* casa. *¡Tutti bestia!*

Y Giuseppe salía gesticulando y se iba a discutir al bar de la plaza.

ARMANDO era tímido y desconfiado. Había nacido y se había criado en provincia. Era hijo de un administrador de *fazenda* [1]. Un día, sin motivo ninguno, su padre había sido despedido, con mujer y un montón de hijos que alimentar, sin saber adonde ir. Después de mucho buscar, había encontrado trabajo en un almacén. Armando tenía por aquel entonces la actual edad de Tonico, doce años. Se había puesto a trabajar gratis con un electricista del pueblo, a cambio de un plato de comida. Pronto empezó a ganar cincuenta cruceiros al mes. Había aprendido el oficio y a los diecisiete años ya trabajaba solo, haciendo pequeñas reparaciones en las casas particulares. Había sufrido mucho y no esperaba ayuda de nadie. Sólo contaba con sus manos y su trabajo. Tampoco quería ayudar a nadie. Sólo pensaba en sí mismo y en su hijo. Su mujer había muerto hacía siete años, y ya ni se acordaba cómo había ido a parar a la capital del Estado. Había cogido el tren y se había marchado para huir de los recuerdos y de todo. Pero los recuerdos eran parte de sí mismo, y no podía quitárselos de encima, como no podía quitarse la piel.

Tenía la dirección de un primo suyo en la capital. Había llamado a su puerta y entrado

---

[1] *Fazenda:* hacienda, gran propiedad rural.

llevando a su hijo de la mano. Habían dormido en el suelo, y al día siguiente había encontrado una habitación en una pensión. Había empezado a trabajar en una pequeña fábrica de cables eléctricos, pero aquello no le iba: estaba acostumbrado a trabajar solo. Le hablaron de una casita que se alquilaba en el callejón de la Villa. Se mudó, e instaló en la sala de estar un taller de reparación de aparatos eléctricos. Eso le daba para vivir.

Tonico estudiaba y le ayudaba en las pequeñas reparaciones y en los recados. Ahora había estallado la revolución y Armando no quería ni oír hablar de ella. Decía: «Yo ni me meto ni quiero meterme en política; y aborrezco a los que se meten en ello. La política es para los que están en el Gobierno. Ellos sí entienden. La política no es para los que trabajan.»

Los argumentos del sargento Felipe, que había venido una tarde a hablar con él, no habían servido para nada.

—¡Pero, Armando! —le decía—; precisamente lo que el Gobierno quiere es que nadie se meta en política, para poder hacer él lo que quiera. Y la política, si nosotros no nos ocupamos de ella, ella se ocupa de nosotros, desde lo que comemos hasta de lo que pensamos. ¿Pero no ve usted que la política de los gobernantes sólo les beneficia a ellos? ¿Y el pueblo, toda esa gente que trabaja en las ciudades y en el campo? ¿Quién hace su política? ¿Quién se ocupa de sus intereses? El día en que el pueblo haga política, empezará a exigir; nosotros queremos dirigir nuestra vida. De eso es de lo que el Gobierno tiene miedo, porque entonces se va a acabar su política, la política de ellos solos, sus privilegios; entonces todo cambiará. La revolución...

—Para mí, sargento, la revolución sólo ha servido para que nos metan harina de mandioca en el pan.

—Pero, Armando, es que aún estamos luchando. ¿No ve usted que...?

—Yo no veo nada ni quiero ver nada. Yo quiero vivir en paz...

LA BANDA se había formado poco a poco. Al principio, los chiquillos jugaban al fútbol en la calle, con un balón de trapos. Fue más tarde cuando apareció el balón de cuero, y fue entonces cuando empezaron a jugar en un solar. Allí se formaron dos bandos, los dos equipos. Uno lo mandaban Román y Farina, que tenían catorce años, y el otro Bulldózer que ya casi tenía quince. El era el más fuerte y el más viejo. Los demás tenían entre diez y doce años.

Al estallar la revolución, algunos chicos habían desertado, sus familias se habían mudado de barrio, se habían marchado a provincias, y los equipos estaban incompletos. Un día, el hermano mayor de Bulldózer, un muchacho que estaba en la barricada de arriba, les dijo:

—¿Por qué no formáis una sola banda y ayudáis a la revolución? Podríais hacer muchas cosas...

Las dos bandas se habían fusionado, y los tres mayores recibieron el título de *los tres comandantes*.

Ellos decidían todo, frecuentemente sin la participación de los más pequeños, y sólo de cuando en cuando se reunían en el garaje del padre de Teco-Teco para deliberar; como el día en que habían decidido apoyar a los rebeldes. ¿Que los rebeldes habían levantado la barricada y las trincheras de arriba? Pues los críos levantaron otra barricada, la de la calle de la Iglesia. ¿Que los de arriba hacían ejercicios? Pues la banda de abajo hacía lo mismo. No tenían armas de fuego como los de arriba, pero disponían de tirachinas y hondas, y se consideraban unos hombres; los más pequeños, también.

Más adelante, las niñas habían empezado a decir que ellas también querían formar parte de la banda. Antes, cuando eran pequeños, jugaban juntos. ¿Por qué ahora no?

Los *comandantes* no estaban de acuerdo. «No van a hacer más que fastidiar», decían.

—Nosotras también queremos ayudar a la revolución —dijo Ester—. Mi hermano está allá, en la barricada de arriba.

—Las mujeres ayudan, pero de otra forma —dijo Bulldózer.

Aunque no decía de qué forma, y las chicas andaban siempre detrás de ellos. Querían hacer guardia en la barricada, tirar piedras, hacer ejercicios.

María tuvo una idea:

—¿Y por qué no hacemos las mujeres otra barricada para demostrarles que nosotras podemos hacer lo mismo que ellos?

Una tarde, Tatá llegó corriendo para anunciar:

—¡Las chicas han levantado una barricada! ¿A que no sabéis dónde?

Nadie lo sabía. Aquello sucedió mucho tiempo antes de la marcha de Tonico.

Tatá condujo la banda. Las chicas habían levantado su barricada en la entrada misma del solar en el que los chicos jugaban al fútbol. Era muy alta. Abajo, piedras y tejas; arriba, cajas de madera. Seis chicas vigilaban desde atrás, mirando por los huecos de las cajas, en equilibrio sobre unas latas vacías.

—¡Idiotas! —gritó Román al llegar—. ¡Eso no es una barricada, es una fortaleza!

—¡Una barricada está siempre en la calle! —gritó Bulldózer—. ¡No tenéis ni idea!

En respuesta, una lluvia de piedras cayó sobre los chicos.

Los pequeños huyeron corriendo, los otros se cubrieron la cara con las manos. El Alemán sugirió:

—Vamos a buscar las hondas.

—¡No! —gritó Román—. Son niñas y, además, están de nuestra parte. No están en contra.

—La honda es un arma contra los legalistas —dijo Farina.

—Nadie va a usar la honda —decretó Bulldózer—; una honda puede matar.

—¡Ahora, el solar es nuestro! —gritó Ester, que mandaba la banda de las chicas.

¡Y otra lluvia de piedras!...

—¡Parad! ¡Ahí entramos nosotros cuando nos dé la gana! —gritó Bulldózer.

María replicó:

—¡Intentadlo, intentadlo a ver qué pasa! ¡Entrad, señores valientes!

Los tres *comandantes* se fueron hacia la tapia para discutir. Luego, dijeron a los más pequeños:

—Vamos a entrar; si no, perderíamos prestigio. Pero no les vamos a hacer daño a las niñas... Es sólo para darles una lección...

La banda de los chicos atacó. Eran diez. Las chicas lanzaban piedras, se defendieron palmo a palmo, pero acabaron siendo vencidas.

—¡Ya podríais! Vosotros sois diez y nosotras seis —rugía Ester, que tenía los brazos arañados, las mejillas rojas, las trenzas deshechas y lágrimas en los ojos.

Algunos chicos se frotaban los tobillos: las niñas sabían dar patadas. A otros les escocía el cuero cabelludo a causa de los pelos arrancados, y algunos llevaban huellas de dientes en las manos. Las dos bandas habían dado y habían cobrado. Eso fue lo que dijo Ester, con lágrimas de rabia en los ojos:

—Hemos recibido golpes, pero anda que vosotros...

Farina respondió con un aire superior:

—Vosotras habéis empezado. Nosotros somos unos hombres...

—Un hombre es más fuerte que una mujer —dijo Yoca.

—¿Que tú eres un hombre? —replicó Vilma—. ¡Pobre pequeño, tú no te has mirado en un espejo!

—¡Una mujer no puede hacer las mismas cosas que un hombre! —gritó Pirulí.

—¡Cierra el hocico!... —rugió María con la voz ahogada por la furia—. Una mujer puede incluso hacer más cosas...

—¿Y por qué no hacemos una sola banda? —gritó Ester, negociando ya la paz.

Farina se volvió hacia Román:

—Pues sí que podríamos, ¿no es verdad, Román? La cosa podría funcionar, son valientes.

—Ya pensaremos en ello —prometió Román—. Mañana os daremos la respuesta. ¡Vamos, chicos, a demoler la fortaleza de las niñas!

—¡No! ¡Dejadla! —gritó Ester.

—Habéis perdido —explicó Bulldózer—. Y cuando se ha perdido, pues se ha perdido.

En un santiamén, los chicos habían amontonado a lo largo de la tapia las piedras, las tejas y las cajas.

Al día siguiente aún no se había resuelto nada. Al tercer día tampoco, ni al cuarto. Por la tarde del cuarto día, Tatá,que vivía por allí, vino a contar:

—Otra vez están las chicas en el solar. Ahora dicen que ya no entraremos más en el campo. Dicen que ahora es de ellas...

Los tres *comandantes* decidieron entonces enviar una embajada para concertar una entrevista al día siguiente por la mañana, en la barricada, y resolver el problema.

—Pero no pueden venir todas —recomendó Bulldózer—, solamente dos. Si no, acabaremos pegándonos. Que las demás aguarden en la esquina de la calle.

Tuca, Tatá y Relé llevaron el mensaje.

Decidieron que Ester y María representarían a la banda de las chicas.

5

ESTER y María contaron a sus compañeras el resultado de los acuerdos con los tres *comandantes.* No era exactamente lo que ellas esperaban, pero en fin, algo habían conseguido. Dasdo [1], la última chica que había entrado en el grupo, traída por Dalva, opinaba que los chicos se estaban aprovechando de ellas: limitarse las chicas a recoger donativos para los revolucionarios no era más que una ínfima victoria.

—Queremos hacer todo lo que hacen ellos. Pero en pie de igualdad. Lo que ellos quieren es que nosotras hagamos la peor parte. ¡Son unos aprovechados!

—No es así —exclamó Ester—. Ellos van a seguir también recogiendo donativos, y dicen que vayamos todos juntos.

—Entonces, vamos a echarles una apuesta a ver quién consigue más cosas —sugirió una pequeña.

—Ganaremos nosotras —dijo Vilma, una regordeta—. Vamos a reunir más cosas que ellos y así

---

[1] Dasdo: contracción de María das Dores = María de los Dolores.

les demostraremos de qué somos capaces las mujeres.

—Es mejor no mezclarse con ellos, y empezar nosotras desde hoy mismo a pedir cosas —propuso Dasdo—. Si no, van a decir que ellos lo han hecho todo solos. Y cuando vengan a darnos órdenes, entonces podremos hablar de igual a igual.

Todas opinaron que Dasdo tenía razón.

Eran siete niñas y se dividieron en tres grupos: Ester, Vilma y Ditinha en uno. Dalva y Josefa en otro, y en el tercero Dasdo y María.

En general fueron bien acogidas por las casas. Y si no conseguían reunir más vestidos y metales, era porque la gente del barrio era pobre. Era difícil encontrar alimentos. Nadie quería desprenderse de lo poquito de alubias, azúcar o café que pudieran tener guardado.

En la banda de Ester hubo un incidente desagradable. Una vez llamaron a una puerta y les abrió una anciana. Después de oír a las niñas, les dijo: «Aguardad un momento.» Y entró para volver con un cubo. Las chicas pensaron que les iba a dar el cubo.

La vieja no dijo nada, se acercó a ellas y, ¡plaf!, les tiró encima el agua del cubo y empezó a gritar: «Eso es lo que yo doy para la revolución.» Y dio media vuelta y se metió en su casa insultando a las chicas, al general Faria, a todos los revolucionarios y a la revolución.

Ester, empapada de la cabeza a los pies, rugió furiosa:

«¡Vieja loca! ¡Malvada! ¡Bruja!»

Corrieron a cambiarse de vestidos, pero Vilma no tenía otro traje que ponerse. No tenía más que dos vestidos: uno, el que estaba empapado; el otro estaba tendido en la cuerda, secándose.

La madre de Vilma, al verla entrar chorreando, aprovechó para leerle la cartilla:

Que el sitio de una mujer era su casa, que el cubo de agua les estaba muy bien empleado para apagar el fuego de unas revolucionarias de pacotilla, que deberían estar ayudando a sus madres en la cocina más bien que corriendo por las calles como unas locas con los chicos, molestando a todo el mundo; que aún se acordaba de los cristales rotos del pobre Manuel, el de la panadería, y de las plantas pisoteadas de la señora Adelaida, la pobre, que las cuidaba con cariño maternal... Y todo así, sin punto ni coma, de un tirón.

Vilma, que aún estaba rabiosa por lo de la vieja y el cubo de agua, aprovechó para mostrarse mal educada y, al mismo tiempo, para darle una lección a su madre, como contaría más tarde a sus amigas. Y de un tirón también, le respondió a su madre que la señora Adelaida, la mujer de Manuel, el de la panadería, era una tonta porque quería tanto a las plantas de su jardín que confundía a su hijo Manolín con una coliflor y no le dejaba al pobre asomar ni la nariz fuera de casa, y estaba furioso contra su padre y su madre, y también quería que su padre se muriese ya para ser dueño de la panadería y dar pan gratis a la banda todos los días, incluso bollitos de leche, que son más caros, pero la banda no tenía necesidad de limosnas de nadie, muchas gracias.

La madre de Vilma se persignó tres veces y gritó muy fuerte y con un tono de voz muy agudo para que todo el mundo la oyese en la calle:

—¡Jesús! ¡María! ¡Estos niños de hoy! ¡Esto es el fin del mundo!

Pero no aprovechó la lección que su hija había querido darle, ya que la buena señora dijo y repitió:

—Dios manda respetar a su padre y a su madre y no ser mal educado, porque si no Dios va a castigarte y tu ángel de la guarda se va a echar a llorar detrás de la puerta, ¡pobre!

—¿Y Dios no manda a los padres que amen y respeten a sus hijos, eh, señora doña María de Gracia? —preguntó Vilma, que cuando estaba enfadada con su madre la llamaba por su nombre, y que parecía un erizo, con las manos en jarras y con un gesto desafiante que concluyó con una serie de azotes que su madre le aplicó en sus nalgas metiditas en carnes.

Acabada la azotina, Vilma pataleó de rabia y lloró sin lágrimas. «No me voy a quedar en casa por culpa de un traje mojado», pensó.

Rebuscó en el armario; entre la ropa de su hermano encontró un pantalón corto remendado, y salió en sandalias a reunirse con sus amigas. La madre se quedó hablando a gritos en la puerta de la calle. A gritos y sola, porque Vilma, sin ocuparse de ella, salió y gritó en el umbral mismo de la puerta:

—¡En seguida vuelvo, mamá!

Dasdo era una mulatita, sensata como lo es siempre una niña de doce años. Piel aterciopelada y cabellos rizados; fina como un bambú, apuntaba ya en ella la joven. Tenía unos ojos negros muy grandes, con unas pestañas rizadas que eran la envidia de sus amigas. Sabía que tenía bonitos ojos y a veces parpadeaba, lo que le daba una gracia muy especial. Era obediente y muy limpia —en lo que se parecía a su madre, que era lavandera—, con su vestido blanco y sus dos lacitos rojos al final de sus trenzas cortas. Pero le gustaba mandar; de eso no cabía la menor duda.

Tampoco los chicos lo dudaban, sobre todo después de convertirse en la jefa de la banda de las niñas del barrio de Repique. Poco a poco, Ester fue perdiendo el puesto de jefa que tuvo al principio. De pronto ya no se hacía nada sin contar con Dasdo. Incluso los tres *comandantes* consultaban con ella antes de tomar una decisión importante.

Dasdo hablaba tranquilamente, nunca discutía, y no daba la impresión de querer imponerse o demostrar que de tal o cual cosa sabía más que los otros. Lo cierto es que, cuando el sexo fuerte se dio cuenta, Dasdo era ya indispensable, y dirigía la banda sobre el mismo pie de igualdad que los tres *comandantes*, aunque sin ruido ni título. Nada se decidía ya sin la participación de Dasdo. Por eso María tenía muchos celos de su compañera.

María era el payaso de la banda. Imitaba a todo el mundo y sabía hacer unas muecas increíbles que ensayaba delante del espejo del cuarto de baño. Era muy alegre y le gustaba la novedad; siempre cogía el lado cómico de todo lo que ocurría, y, sin embargo, lo que más quería en el mundo era que la tomasen en serio. Pero eso era imposible, porque en cuanto abría la boca todo el mundo se echaba a reír. Nunca estaba sola. El Alemán la seguía como si fuese su misma sombra, y ya no se ocupaba de Mosquito Eléctrico, que era también un tipo curioso y muy amigo suyo. Cuando uno veía a María, estaba casi seguro de que el Alemán no andaba lejos. Tanto, que empezó a comentarse que había un romance entre los dos. Al oír eso, María se rió tanto que se partía de risa.

—¿Yo? ¿Yo? ¿Casarme yo? ¡Jamás! Si me caso me voy a quedar así... —y se ponía a andar con los pies zambos y cojeando— y al final voy a estar así... —y se ponía a bizquear y a hacer muecas.

Todos reían hasta reventar. Delva gritó:

—¡No hagas eso, idiota! Como te dé un aire te vas a quedar bizca para siempre.

UNOS días más tarde se presentó el sargento Felipe. Llamó a Román y se fueron a hablar a un banco de la plaza. Al día siguiente hubo una reunión de la banda en el garaje del padre de Teco-Teco.

Román estaba resfriado. Con una voz ronca empezó a contar que el sargento Felipe había venido a dar las gracias a la banda por su colaboración. Relé empezó a refunfuñar porque Román usaba palabras difíciles, y el *comandante* tuvo que explicar el significado de la palabra *colaboración:* «Igual a *ayuda*», aclaró. Y siguió:

—El sargento Felipe me ha dicho que, siguiendo nuestro ejemplo, se han formado más bandas de chicos en otros barrios, y que la ayuda ha sido muy buena.

Román estaba cada vez más ronco y Bulldózer le interrumpió:

—Déjame que siga yo; te vas a quedar sin voz...

Román tenía la cara colorada; seguro que tenía fiebre. Se sentó en una caja de madera y apoyó la barbilla entre sus manos... Bulldózer dio un paso adelante:

—Bueno, lo que hasta ahora hemos hecho ha sido muy importante, pero ahora tenemos una cosa mucho más difícil que hacer. Ahora vamos a convertirnos en agentes secretos...

—¡Halaaa!... —gritó Yoca.

—¡Estupendo! —exclamó María, aplaudiendo.

—¿Las niñas también? —preguntó el Alemán.

Todos soltaron la carcajada al adivinar sus segundas intenciones.

—También ellas —respondió Bulldózer—, pero de esto no se tiene que enterar nadie; es un plan secreto.

—¡Habla pronto! —dijo Farina.

—El sargento dice que...

Se abrió la puerta y entró Merengue. Todos se volvieron a ver quién era. Merengue fue recibido con un murmullo de reprobación. El Alemán gritó:

—¡Echadlo fuera! No puede quedarse, ya no es de la banda.

Merengue siguió avanzando, se acercó a Román y dijo:

—Quiero entrar de nuevo en la banda.

—¡Cuando uno se marcha no puede volver a entrar! —gritó Mosquito Eléctrico, que apoyaba siempre al Alemán. Algunos se le unieron para protestar, pero la mayoría no dijo nada.

—Aguardad —dijo Román casi sin voz.

Bulldózer hizo un gesto con la mano para pedir silencio. Merengue prosiguió de un tirón, para poder decir todo lo que quería sin ser interrumpido:

—Yo me marché porque dijisteis que podíamos morir, y mi madre está enferma, y si yo muero ella se muere también, y yo no quiero, la pobre, pero mi madre me ha dicho que ahora estoy solo y que tenía que pediros que me dejaseis venir porque no hay peligro de que yo me muera ni nada.

Tonico, que estaba sentado en el suelo en primera fila, dijo:

—Merengue puede volver a la banda; juega muy bien al fútbol.

Farina se pellizcó los labios y dijo:

—Por mí, de acuerdo. ¿Qué piensas tú, Román?

Román dijo que sí con la cabeza, y Bulldózer asintió también. Todos estuvieron de acuerdo. Yoca le dijo a Merengue que se sentase a su lado, y varios más gritaron:

—¡Siéntate aquí, Merengue!

Una enorme sonrisa se dibujó en la cara pálida del chico, desgarbado por haber crecido demasiado rápido, y corrió a sentarse al lado de Yoca. Bulldózer continuó:

—Estaba diciendo que ahora vamos a ser agentes secretos, y es cierto. Escuchad: no se encuentran alimentos, pero se sabe que hay alubias, azúcar, arroz, café, de todo, oculto por aquí, en depósitos, por la ciudad. Dicen que en Repique hay mucho. Se trata de los contrarrevolucionarios, que quieren fastidiarnos, y que en cuanto puedan le van a dar a todo eso a los legalistas. Nosotros tenemos que impedírselo y vamos a descubrir dónde están esos alimentos. ¡Vamos a ser agentes secretos!

Ester, que estaba sentada entre Tatá y Relé, gritó al instante:

—¡Nosostras también!

Tatá rugió:

—¡Yo también!

—Oye, que esto es serio, que no es un juego —insistió Bulldózer—. Vamos a darnos números para que el enemigo no descubra quiénes somos...

—Da ya los números —dijo Teco-Teco.

—Vamos a hacerlo así: primero una letra, para indicar el grupo al que pertenece uno. Habrá dos grupos...

—¡Dos no! ¡Tres! —dijo Dasdo—. Somos demasiados para ser dos grupos.

Dasdo empezó a contar, y todos se pusieron a contar.

—Veintiuno con las chicas —gritó Farina.

—Veinte... —intervino Román—. Yo debo quedarme en la barricada, e incluso sería mejor que Valdo y Tuca se quedasen conmigo, para hacer guardia.

—Entonces somos dieciocho —dijo Dasdo—, lo que da tres grupos...

—Tres grupos de seis o dos de nueve. ¿Qué es mejor?

—¡Dos de nueve! ¡Dos de nueve! —gritaron Tatá, Yoca, Tonico, Relé, el Alemán y María.

Los otros opinaban que tres de seis serían más eficaces, pero acabaron formando dos grupos de nueve.

—Bueno... —dijo Dasdo—: siempre habrá alguien que falte.

—Entonces Bulldózer manda un grupo y Farina el otro, y Dasdo...

—¿Y qué tenemos que hacer? Danos ya los números...

—Vale: primero una letra para indicar el grupo; por ejemplo, *grupo A;* luego un número que no es nada, sólo para engañar al enemigo; finalmente, el verdadero número...

—Por ejemplo —intervino Dasdo— Tonico... bueno, no: Farina, que es jefe de un grupo, puede ser A-12-1.

—¡Eso es! —aprobó Román.

Todos estaban de acuerdo.

—La banda de Farina va del 1 al 9. ¿Quién va a ser del grupo de Farina?

Tonico se levantó:

—Yo soy A-12-2.

—¡No señor! Ese es mi número —dijo Dasdo—. Tú eres A-12-3.

—Y yo —saltó María—, yo soy A-12-4.

—Y yo A-12-5 —gritó el Alemán.

Así llegaron hasta el nueve, y empezaron entonces a formar la banda de Bulldózer.

—Yo quiero que la letra sea la D, y el número falso el 1, y que el número verdadero empiece en el 20. Yo soy D-1-20 —dijo Bulldózer.

—Entonces yo soy D-2-21 —dijo Merengue.

—¡Que no es asíííí! —rugieron todos.

—Tienes que ser D-1-21 —gritó Tatá—. El primer número es como la letra, no cambia, es sólo para engañar al enemigo...

—Bueno —aceptó Merengue—. Me había confundido... Así que yo soy D-1-21.

Cada uno tuvo, pues, su letra, su número para despistar al enemigo, y su número verdadero.

—¡No lo vayáis a olvidar! A partir de ahora, ya nadie tiene nombre en el servicio secreto, solamente números; y cada día, por la mañana, hay que presentarse así: Merengue, por ejemplo, llega, se pone firme y dice:

—¡D-1-21, presente! —gritó Merengue levantándose.

—¡Agente secreto! —exclamó Valdo—. Aunque yo me quede en la barricada, también quiero un número. ¡Yo soy el A-12-10!

—¡Yo también, yo también quiero un número! —reclamó Tuca—. Yo soy el D-1-30. ¡Caray, el 30! ¡Me voy a poner una barba postiza!

Todos se rieron.

—Empezamos mañana temprano —dijo Bulldózer—. Mañana, todos a la barricada después del desayuno. ¿De acuerdo?

—¡De acuerdooooooo! —respondieron todos sin acabar nunca.

—¿Dónde está *Gasolina?* —preguntó el *Gato*—. Esta noche ha dormido en casa, pero salió cuando mi padre abrió la puerta. Yo creía que estaría por aquí.

—¡Vamos a buscar a *Gasolina!* —propuso Teco-Teco.

Varios chicos salieron en busca del perro.

—Ya verás cómo va a estar en nuestro campo de fútbol enterrando un hueso —dijo Tuca.

6

SI UNO preguntaba de quién era *Gasolina,* ya se sabía la respuesta:

—¡Es mío! —decía Relé.

—¡Es mío! —decía Tonico.

—¡Es mío! —decía Teco-Teco.

Y así sucesivamente, cada miembro de la banda proclamaba en voz alta e inteligible que el perro le pertenecía. Era verdad y no era verdad, porque el perro pertenecía a todos y a nadie.

Gasolina había aparecido por el barrio allá por los tiempos del balón de trapos. Fue una tarde, cuando la banda estaba jugando al fútbol en la calle. El perro entró en el juego y echó a correr detrás del balón. Al cabo de un momento ya se había apoderado de él y había echado a correr por la calle Baja. La chiquillería gritaba detrás del perro: «¡Agarradlo! ¡Agarradlo! ¡No lo dejéis escapar!» Pero el maldito perro no soltaba el balón, que tenía bien sujeto con los dientes. ¿Sería que quería jugar o que estaba decidido a defender su trofeo? Cada vez que alguno de los chiquillos intentaba quitarle el balón, el perro gruñía y enseñaba los dientes. Estaba acorralado contra la tapia.

Los chicos reían a carcajadas. Las risas excitaron más aún al perro, que se puso a gruñir más fuerte y a ladrar. Pero estaba acorralado y el círculo se estrechaba más y más. Yoca alargó la mano como para agarrar el balón por un lado, y Relé lo cogió por el otro. El perro siguió el juego y, como si nada hubiese pasado, se metió en medio de los chicos. Les acompañó moviendo el rabo, corriendo y saltando, la lengua fuera, lamiendo las piernas de uno y de otro.

Tonico lo bautizó *Gasolina.* El nombre agradó a todos. Jugaban con él y lo acariciaban. Vieron que tenía una herida en la nuca. *Gato* corrió a buscar alcohol y limpió la herida. *Gasolina* gruñó, movió las patas y pasó de mano en mano: todos querían ver la herida. Finalmente, le dieron de comer. El, a su vez, husmeó y olfateó a los muchachos uno tras otro, se hartó de lamer piernas, manos y caras, le gustó el olor y el sabor de aquellos niños y se quedó con ellos.

Al verlo, la madre de Relé empezó a gritar:

—¡Quitadme de la vista a esa bestia inmunda!

Los chiquillos bañaron al perro, y *Gasolina* se quedó más blanco que el azúcar refinado, con cuatro manchas color canela: una en la cabeza, que le cogía la oreja, dos en el cuerpo y la otra en la punta del rabo. Lo encontraron bonito. Ya estaba limpio y podía dormir dentro de casa. Por las tardes, los chicos se lo disputaban:

—¡Hoy me toca a mí! ¡Hoy *Gasolina* duerme en mi casa!

Amado, disputado, mimado, no careciendo ni de comida ni de juegos, conoció la alegría, vivió la alegría, y olvidó su pasado de privaciones, de malos tratos y vagabundeo.

A veces tenía una pesadilla: aquel traidor mordisco en la nuca; es decir, no precisamente el mordisco, sino la sensación. Pero no, ni siquiera la sensación, simplemente el recuerdo vago de aquel ataque traidor: aquellos enormes caninos, aquel peso que se le vino encima, aquel grandote perro policía; y su miedo, su pánico: huir, huir... Ese era el único recuerdo vago del pasado. Todo el resto se había fundido en su felicidad presente.

Al principio de los tiempos, el perro no era un perro. Pero vino el hombre y mezcló un poco de barro, amistad y paciencia con un soplo de alegría, y creó el perro. A través de todas las generaciones modeló a su querido y leal compañero. Por eso un perro es un seguro de cariño y siempre será fiel a su dueño.

PERO..., ¿cómo amar, defender y agradar a tantos amos? ¿Cómo servir a tantos dueños, cada uno con su olor distinto y cada uno exigiendo la misma atención?

Los primeros días, *Gasolina* jugaba con todos los chicos de la pandilla, parecía querer a todos por igual; pero poco a poco empezó a manifestar algunas preferencias: Tonico, Yoca, Relé y Teco-Teco. Más tarde estuvo bien claro que siempre iba detrás de Tonico, y que pasaba la mayor parte del tiempo a su lado. Todo había ocurrido naturalmente, pero un día Yoca se quejó:

—¡*Gasolina* prefiere a Tonico!...

Todos se dieron cuenta de pronto de que era verdad, y todos sintieron una pizca de envidia hacia Tonico.

—Eso es porque el *Gato* siempre está llamando a *Gasolina* —dijo Valdo.

—Pues yo voy a llamarlo desde ahora todo el tiempo, para que venga conmigo —prometió Tatá.

Relé intervino:

—Es porque el *Gato* lo quiere mucho y no le hace rabiar. El otro día, Tuca, tú le tiraste del rabo, que yo te vi.

—Pero era jugando.

—Sí, pero no le hizo mucha gracia; y hasta dio un grito de dolor...

Una noche le tocaba el turno a Yoca para llevarse el perro a dormir a su casa. Buscaron a *Gasolina* por todas partes, lo llamaron, le silbaron, pero el perro no apareció. Finalmente lo encontraron debajo de la cama de Tonico. Yoca quiso llevárselo a la fuerza.

—Dejadle que duerma donde quiera —aconsejó Román.

—¡Pero hoy me toca a mí! —se quejó Yoca.

—Está cansado, dejadlo que se quede aquí —dijo Tonico.

—¡También los perros tienen derecho a la libertad —sentenció Farina.

GASOLINA era un perro vagabundo, de vida insegura, ladrón de comida, aventurero, lleno de mañas y manías. Su supervivencia había dependido siempre de su aguda percepción y de su rápida adaptación a las circunstancias, a las situaciones del momento. Por eso se había adaptado rápidamente a la banda de los chicos del barrio de Repique. Se había adaptado, *entrando a formar parte* de la banda. Se había convertido más en un compañero que en un perro. En poco tiempo llegó a comprender lo que decían, relacionando el nombre de cada chico con su persona, y sabía dónde vivía cada uno. Si alguna vez le pedían que fuese a buscar a tal o cual (había que repetirle el nombre dos o tres veces), salía corriendo. Una vez delante del chico, saltaba y echaba a correr hacia la puerta de salida, indicándole así que tenía que acompañarle. Los chicos no tardaron en comprender su lenguaje y, de esa forma, se estableció una perfecta comunicación entre el perro y sus jóvenes amos.

Los baños de *Gasolina* —exigencia imperiosa de las madres de los chicos— eran auténticos acontecimientos en el barrio. Apenas el perro oía que decían: «Hoy toca bañar a *Gasolina*», se echaba a temblar de pies a cabeza y desaparecía como alma que lleva el diablo. Imposible encontrarlo. Reaparecía horas más tarde, saltando y lamiendo las piernas de los niños, más contento que nunca. Y seguía sucio, oliendo a sudor, lleno de pulgas, hasta el día en que lo atrapaban por sorpresa.

Lo que, desde luego, no había en los alrededores, era un perro con más huesos enterrados por ahí que *Gasolina*. En un trocito de tierra, en un arriate cualquiera de las casas de los chicos o en el solar, ahora campo de fútbol, era imposible contar la cantidad de huesos que había, bien cubiertos de tierra, bien ocultos, para que ningún perro extraño pudiese robarlos.

Gasolina había sido durante mucho tiempo un perro vagabundo, merodeador, que se sabía al dedillo todas las calles de la ciudad. Al principio, todo fueron caricias, carreras, juegos, fútbol. No había tregua ni reposo. Pero ahora que los chicos se hallaban ocupados en apoyar la revolución, a veces se olvidaban un poquillo de él.

En esos momentos, *Gasolina* experimentaba una especie de angustia, una inquietud que le conducía al lugar en donde desembocaban las dos calles que venían del centro de la ciudad.

Tal vez un día se lanzaría a la aventura, a luchar contra aquel perrazo policía, a pelearse con los otros perros, al mundo de los cubos de basura, a los malos tratos, a la muerte, tal vez, en el último rincón de la calle.

¿Cuál de las dos calles cogería?

Su primera escapada tuvo lugar aquella mañana en que Armando abrió la puerta y salió a comprar la leche. *Gasolina* se coló por entre las piernas del padre de Tonico y desapareció. Volvió por la tarde. Se escapó varias veces más, anduvo vagabundeando por el barrio y regresó horas después.

Ahora se encontraba ahí, en la plaza desierta. Ninguna voz le llamó para que volviese, y el viento no le llevó ningún recuerdo. Nada. Ante él, la calle, camino de aventuras, promesa de liberdad.

Tiró por la calle del Paseo; primero corriendo, luego husmeando. ¡De nuevo era dueño de su nariz y su destino! ¡Un vagabundo! Fisgoneó por aquí y por allá, se subió a un cubo de basuras, pero como ya estaba habituado a comer bien, los restos agrios de comida no le apetecieron.

Volvió, entró por una calle plantada de árboles y se puso a olisquear un árbol, luego otro. Al final de la calle había un portal abierto. *Gasolina* iba distraído. Entró. De repente, el perro policía se lanzó contra él. Ladró, gruñó, atacó, todo a la vez. *Gasolina* quiso esquivarlo saltando de lado, pero no pudo. Los dos rodaron por tierra, rugiendo muy fuerte el policía. «Huir, huir, huir...» Lograr huir, escapar, correr, huir, huir... ¡Era imposible hacerle frente a aquel perro enorme, tres veces más grande que él! El otro buscaba el lugar preciso donde clavar los colmillos. *Gasolina* adivinaba sus intenciones, se revolvía bajo aquellas enormes patas y el policía no podía hacer presa. En ese momento, su adversario soltó su presa para ladrar. *Gasolina* se revolvió, se escapó, cruzó el portal. El otro detrás, con una voz ronca tremenda que daba espanto. En ese momento, un silbido cruzó el aire.

El perro policía se detuvo, la lengua fuera, jadeante. *Gasolina* huía, huía, huía... ¡Pies, para qué os quiero! El policía echó a correr de nuevo. Otro silbido, agudo como una flecha, cruzó el aire y llegó hasta el fondo de su conciencia de perro amaestrado. Se detuvo. Vio a *Gasolina* huir, huir, huir, y dudó. ¡Seguir a ese miserable perro blanco, morderlo, triturarlo entre sus dientes! ¡Qué rabia! ¡Hacerlo pedazos!... ¡Guauuu, guauuu, guauuu!...

Un tercer silbido y se volvió con la cabeza gacha. Entró. La mano de su amo cerró la cancela.

Lejos de allí, sano y salvo, *Gasolina* recobró sus maneras de vagabundo, olfateando aquí, husmeando allá, corriendo, deteniéndose... ¡Un gato! ¿Tendrá derecho el más fuerte a asustar al más débil? ¡Qué juego más bonito! Comenzó a ladrar y a hacer como si fuese a atacar. El gato arqueó el lomo, enseñó sus afiladas uñas. *Gasolina* retrocedió. Avanzó de nuevo, pero el gato, como si tuviese alas, se subió a la tapia y allí se quedó mirándolo con rabia. —«¡No se puede vivir en paz con estos perros vagabundos!»—. *Gasolina* se puso a dar saltos contra el muro. ¡Qué bonito juego asustar a un gato! Pero éste le dio la espalda y saltó al árbol vecino. *Gasolina* se quedó ladrando para nada, mostrando una furia inútil; ¡extravagancias de vagabundo!

—¡Es inútil, el gato ya se ha ido! —dijo un chiquillo que pasaba por allí—. ¡Psit! ¡Psit! ¡Perro, ven aquí! ¡Ven!

Gasolina, despreciativo, se fue. Olió un poste y siguió su camino. Husmeaba por aquí y por allá el paso de otros perros. De repente, el olor de una perrita penetró vagamente en su cerebro. Olfateó y olfateó, y llegó hasta una puerta cerrada. ¡Ahí vivía la perrita! Empezó a arañar la puerta. Quería entrar, sollozaba en voz baja. Un pequeño ladrido por el otro lado respondió: «¡Estoy aquí!» Empezaron a arañar la puerta desde el interior. La perrita estaba prisionera. El de un lado, ella del otro, y entre los dos una puerta altísima, impenetrable. «Estoy aquí», ladraba él por un lado y ella por el otro. Ladraban en vano. En esto se abrió una ventana y una mujer se asomó:

—¡Largo de ahí, vagabundo del demonio!

Gasolina respondió al insulto con la invectiva más dura del idioma canino: tres ladridos, pausa, y otros dos ladridos con conato de ataque; lo cual quiere decir: «Hueso viejo, hueso duro de roer.»

Por el tono de los ladridos, la mujer vio que *Gasolina* no llevaba buenas intenciones. Como comenzase a arañar la puerta con vigor redoblado, y como la perrita respondiese con dulces promesas: «Espera... no te vayas...» y dulces gemidos de esperanza: «¡Me voy contigo, me voy contigo! Sólo falta hallar la forma de hacerlo...», la mujer abrió la puerta de repente y, una escoba, manejada como por un motor, se lió a golpes y más golpes sobre *Gasolina*. Este retrocedió, echó a correr, se detuvo. La mujer avanzó unos pasos... la puerta quedó entreabierta... La perrita aprovechó la ocasión —¡ahora o nunca!— y se fugó como lo había prometido. Corrió hacia el final de la calle. *Gasolina* no perdió un solo movimiento de aquella beldad. Describió un gran círculo, erguida la cola como una bandera de victoria, y corrió al encuentro de su amada.

La mujer chillaba, se desgañitaba, llamaba a su linda perrita, pero... demasiado tarde, ya estaban lejos. ¡Oh, qué bonita era la perrita! Negra como el ala del cuervo, el pelo cuidado, brillante, los ojos grandes y llenos de ternura. Delicada. Perfumada. Graciosa. *Gasolina* era un tunante: le hizo la corte con gracia... y ella le siguió.

Flirtearon, vagabundearon por las calles de la ciudad hasta caer la noche. Poco a poco, merodeando, *Gasolina* la condujo a casa de Tonico. Llegaron tarde, la puerta estaba cerrada. ¡Qué hambre! La perrita se había lamentado en tres ocasiones; incluso, hasta quiso volverse a su casa. *Gasolina* comenzó a arañar la puerta, a ladrar, a gemir. Tonico vino a abrir.

—¡Papá, *Gasolina* ha vuelto! ¡Ha traído una perrita negra muy bonita! ¡Papá, *Gasolina* se marchó para casarse!

Gasolina saltaba, lamía las piernas de Tonico, corría hacia la perrita y volvía. ¡Qué alegría!

—Tú —dijo Tonico cogiéndola en brazos—, tú te llamarás *Faísca* [1].

Luego la puso en el suelo.

—¡Aquí, *Faísca!* ¡Ven, *Faísca!*

Faísca movía su rabito y corría contenta; *Gasolina* la seguía. Los dos comieron en el mismo plato, sin pelearse.

—Dos perros juntos viven más contentos que un perro solo —dijo Tonico a sus amigos al día siguiente al contarles las aventuras de *Gasolina*.

---

[1] *Faísca:* chispa, en brasileño.

7

A LA MAÑANA siguiente se reunieron en la barricada, como habían decidido de víspera. De allí salieron en dos grupos hacia el lugar designado por los *comandantes*. El barrio había sido dividido en dos sectores, uno para cada grupo. Realmente no sabían cómo empezar la búsqueda. No iban a llamar por las puertas y a meterse por las casas. Había que actuar con precaución. «No hay que levantar la liebre antes del momento oportuno», había recomendado el sargento; y tampoco era necesario visitar todas las casas del barrio. «Primero tenéis que observar, y en caso de sospecha, arreglaos entonces como sea para comprobarlo. Pero todo con naturalidad, como si se tratase de un juego...»

—¡A-23-6! —dijo Teco-Teco, el primero en presentarse. Román se echó a reír: el chico se había puesto unos enormes bigotes postizos con las puntas hacia abajo. El comandante no sabía que la banda había decidido venir disfrazada y aquello le cogió por sorpresa.

—¡A-12-8! —dijo Pirulí con la cara levantada a fin de mantener en equilibrio las gafas negras, demasiado grandes, que le resbalaban por la punta de la nariz.

—¡D-1-25! —dijo Relé poniéndose firme. Román no podía más de risa. Relé se había pintado, con carbón, patillas, bigotes y perillas; y se había acentuado las cejas, lo que le daba un aire de matón.

Las chicas llegaron todas en grupo. Vilma había cogido el pantalón corto de su hermano, se había pintado un bigote con carbón, se había puesto un lazo en el pelo y atado un pañuelo rojo alrededor de la cintura. Ester y María lucían unos largos vestidos que pertenecían a sus madres. Dalva iba con una falda larga de su abuela y un chal azul. Ditinha y Josefa llevaban unos vestidos de sus hermanas mayores, zapatos de tacón alto, que se quitaron en seguida para poder andar, y sombreros con flores. Dasdo fue la única que vino con su trajecito blanco almidonado de todos los días y sus lazos rojos en el pelo. Se excusó:

—No he encontrado nada en el armario de mi madre...

—Da igual —respondió Teco-Teco—. Diremos que vas disfrazada de alumna-modelo-después-de-conseguir-en-laescuela-el-premio-de-buena-conducta.

Todos se echaron a reír. Dasdo parecía, a veces, una mayor que jugase a ser niña.

Tatá, el agente secreto D-1-22, llegó con un antifaz negro. Mosquito Eléctrico, con un sombrero viejo encasquetado hasta los ojos y un pañuelo alrededor del cuello. El Alemán llevaba también un pañuelo, gafas negras y un sombrero de paja deshilachado, levantado por delante como los vaqueros. Pero el que tuvo más éxito fue Valdo, con una barba postiza, de carnaval. Solamente Tonico carecía de disfraz.

—Ponte mi barba —le insistió Valdo—. Un agente secreto tiene que disfrazarse para que nadie sepa quién es...

Tonico acabó estando de acuerdo, pero como iba un poco incómodo con la barba, se la puso, se la quitó luego, y finalmente se la metió en el bolsillo.

—Ya me la pondré cuando sea necesario —le dijo a su compañero.

Cuando llegó Bulldózer y vio a los chicos con sus disfraces, se echó a reír y preguntó:

—Pero..., ¿qué es este carnaval?

Román le aclaró que los chicos opinaban que los agentes secretos debían ir disfrazados, y Bulldózer estuvo de acuerdo. Farina preguntó:

—Entonces..., ¿yo me tengo que pintar de blanco?

Todos se rieron, y Teco-Teco le pintó unos bigotes con carbón al comandante Farina.

El primer grupo estaba ya listo para salir. Bulldózer sacó un pequeño mapa del barrio, trazado torpemente a mano la víspera, y señaló las calles que el grupo Farina-Dasdo tenía que recorrer. Los sectores de acción de cada grupo estaban bien distribuidos.

—Es necesario que uno o dos se queden fuera para vigilar y para avisar; hay que silbar así...

Bulldózer se metió dos dedos en la boca y lanzó un silbido que se oyó tres calles más lejos. Los chicos probaron a silbar, pero las niñas no sabían silbar así.

—Ya aprenderemos —dijo Dasdo.

—Es igual —replicó Bulldózer—, las niñas no tienen necesidad de hacer guardia; sólo los hombres.

Las chicas experimentaron una pequeña sensación de inferioridad porque no sabían silbar con los dedos, pero no duró mucho.

—Hay que observarlo todo —recomendó Román—. No hay que dejar pasar ni una sola cosa sospechosa. Cuando descubráis un depósito de víveres no hagáis nada. Hay que acordarse bien del nombre de la calle y del número de la casa, y venir corriendo a avisar. Ya podéis marcharos...

—Esperad, todavía no —intervino Bulldózer—. Hay que advertir que esto va en serio. Si uno de nosotros es capturado, no puede decir nada; tiene que decir que estamos jugando y nada más.

—¿Y no podríamos decir que estamos jugando a agentes secretos? —preguntó Tata.

—¡Eso no se puede decir! —gritó María—. ¡Si lo decimos ya no somos agentes *secretos!*

—¡Vamos ya! —ordenó Dasdo.

Y se marcharon corriendo, chutando una lata de conserva vacía.

—¡Alto! —dijo Farina—. Estamos haciendo mucho ruido y eso va a llamar la atención.

Continuaron su camino en silencio. De repente, Farina anunció:

—Nuestro sector comienza aquí...

Se detuvieron en la esquina. Había allí una casa bajita y, por el otro lado, un solar.

—Tonico, ve a reconocer la casa —dijo Dasdo.

—Vamos a dividirnos en dos grupos y aparentamos que estamos jugando a guardias y ladrones —dijo Farina.

Tonico pasó por delante de la casa y la observó: era una casa vieja, pequeña, de un solo piso. Fue a la parte de atrás y se detuvo cerca de la tapia, que era un poco más alta que él. Se puso de puntillas y observó. Había un jardincillo muy descuidado. No se podía ver el fondo. En eso llegaron dos niños: un niño y una niña. La chica se sentó en el suelo y empezó a jugar con una muñeca. El niño se acercó a un matorral muy espeso que estaba junto a la tapia y separó las hojas como buscando algo. Estaba delante de Tonico, pero aún no había notado su presencia. Tonico entabló la conversación:

—¿Hay ahí un nido de pájaros?

El niño levantó los ojos y sonrió. La niña se acercó:

—¿Ya han salido del huevo? —preguntó a su hermano. Iba a apartar las hojas, pero al ver a Tonico se metió un dedo en la boca y se quedó mirándole.

Tonico dio un salto y se sentó en lo alto de la tapia.

—No hay que mirar —dijo el niño—. La madre está empollando.

—¿Qué pájaro es? —preguntó Tonico.

—No sé, es marrón.

—Déjame ver...

Tonico estaba ya en el jardín. Apartó las hojas y miró.

—No sé —dijo—. Vamos a llamar a mis amigos, ellos sí lo saben.

Y silbó. Ocho caras sonrientes surgieron por encima de la tapia. Al minuto estaban en el jardín. Fueron a ver el nido.

La hembra, asustada, salió volando.

—¡Ya os lo había dicho! —dijo el niño—. Vámonos, si no va a aborrecer los huevos. Vámonos...

—¿Tienes juguetes? —preguntó Tonico, buscando un pretexto para entrar en la casa con el niño.

—Tengo un coche y un balón. Están dentro...

—Vamos a buscarlos —propuso Tonico mientras los demás echaban una mirada por los alrededores.

Entraron en la casa. Era pequeña, pobre, casi sin muebles. El patinillo, de cemento, tenía un pequeño corral de cañas, con tres gallinas. «No hay sótano —pensó Tonico—. Aquí no hay nada.» Cogieron el balón y corrieron hacia el jardín.

—En la casa no hay nada —dijo el *Gato* a Farina al pasar—. ¿Tu madre está afuera? —preguntó al niño.

—Llegará en seguida. Ha ido a llevarle la comida a papá.

—¿Y qué hace tu padre?

—Trabaja allí... —el niño indicó vagamente una calle y añadió—: Es guarda.

—¿Guarda de qué? —preguntó Tonico.

—Guarda de sacos...

—¿De sacos? Nunca había oído eso. ¿De sacos de qué?

—Sacos... —dijo la niña—. Una montaña de sacos... y señaló hacia la casa.

—¿Como la casa de alta?

Los dos niños dijeron que sí con la cabeza.

—¿Sacos de qué? —insistió Tonico.

—No sé —respondió el niño—. Sacos... llenos de cosas; yo he estado allí.

—¿Y dónde es? ¿Lejos? —quiso saber Tonico.

—Allí... —y el niño indicó una calle hacia lo alto.

—¿Es un almacén?

El niño dijo que no con la cabeza.

—¿Una casa?

El niño asintió. La niña era muy pequeña, estaba acobardada y seguía con el dedo en la boca. Teco-Teco llegó corriendo y le quitó de las manos el balón al niño. Echó éste a correr tras él, casi llorando.

—¡El balón es mío! ¡El balón es mío!

La banda reía y se pasaban la pelota de uno a otro.

Yoca gritó:

—¡Cierra la boca, llorica!

Tonico se acercó a Farina:

—Tenemos una pista.

El niño corría detrás del balón, los chicos le regateaban y el pequeño chillaba: «¡Quiero mi balón!» Se fue contra Teco-Teco dando manotazos. Teco-Teco lo levantó y le amenazó:

—¡Llorón! ¡Desgraciao!

Ya lo iba a tirar por el suelo cuando intervino Dasdo:

—¡Déjalo ya! Eres demasiado grande para pegarle a un pequeño. Dale su balón. ¡Vámonos!

Tiraron por la calle que torcía a la izquierda. Pasaron frente a unos solares y unas casitas. Ninguna de ellas era lo suficientemente grande como para contener un depósito de víveres, y ninguna tenía guarda. Pasaron delante de un colegio, cerrado por causa de la revolución.

—En un colegio es imposible —dijo Farina.

Recorrieron dos veces la calle de arriba abajo, pero en vano.

—En esta calle no puede haber un depósito de víveres —dijo Dasdo.

—Tiene que ser aquí, el niño lo ha dicho —insistió Tonico.

—Es muy pequeño, no sabe lo que dice —dijo Vilma.

De nuevo pasaban por delante del colegio.

—Yo voy a entrar —dijo Tonico.

Todos querían ir, pero Farina decidió que el *Gato* fuese solo.

—Y ahora vamos a separarnos. Yo me quedo aquí y vosotros os vais. La mitad a un extremo de la calle, la otra mitad al otro. Y en cuanto yo silbe, acudís.

Tonico trepó por la verja de hierro y desapareció. Farina se sentó en la acera, sacó su tirachinas del bolsillo y empezó a hacer como si estuviese atando una de sus puntas. Poco después se abrió la cancela y salió una mujer llevando una fiambrera en la mano.

«La madre de los pequeños —pensó Farina—. Es la mujer del guarda. ¡Aquí es!» Silbó. Los chicos acudieron desde ambos lados. La mujer miró para atrás. Farina se levantó y se alejaron todos juntos. Se detuvieron algo más lejos. La mujer miró de nuevo y cruzó la calle.

—Desconfía —dijo Teco-Teco con aire muy serio, ajustándose los bigotes postizos que amenazaban caérsele.

—Es en el colegio —dijo Farina con aire misterioso—. ¿Se habrá dado cuenta Tonico? Aguardemos. ¡Cuidado, preparaos; podemos ser atacados por sorpresa!

—¡Yo tengo una honda!

—Y yo un revólver —dijo Relé enseñando una pistola de agua.

—Si uno no lo sabe, se cree que es de verdad —dijo Vilma, que nunca había visto un revólver.

—¡Que te crees tú eso! —dijo el Alemán—. Yo prefiero la honda.

—¿No sería mejor entrar y esconderse en el patio? —preguntó María.

—Esperaremos la señal del *Gato*. Es un tío formidable. Trepa hasta por las paredes, igual que una lagartija.

—¡Hala! No exageres —protestó Yoca.

Farina tenía confianza en Tonico, pero sus compañeros vieron que estaba inquieto. ¡Tardaba demasiado! El negrito sacó del bolsillo una colilla, se la puso en la boca, la encendió y echó una bocanada.

—Pasa —dijo Teco-Teco.

—¡Ségun! —dijo Yoca.

—No hay para todo el mundo —dijo Farina negando el cigarrillo a sus compañeros.

—Entonces para mí —dijo Vilma alargando la mano.

—¡Una mujer no fuma! —rehusó Farina.

—¿Cómo? Una mujer sí fuma ¿te enteras? ¡Mira éste!...

No había acabado de hablar Vilma, cuando se oyó un silbido de ésos que se hacen con los dedos en la boca y que se oyen hasta el fin del mundo.

—¡Es el *Gato!* ¡Vamos allá! —dijo Farina nerviosísimo, arrojando la colilla.

Teco-Teco y Yoca se abalanzaron por la colilla,

y cada uno echó una rápida calada mientras los demás iban por delante.

—¿Y si había un escupitajo de tuberculoso en el suelo? —dijo Dasdo—. ¡Mira que coger una colilla en la calle!... —e hizo un gesto de asco.

Llegaron ante el colegio, saltaron la verja y entraron. Pasaron bajo el arco que formaba una escalinata exterior que llevaba al primer piso. Era una casa vieja. Antes de que la ciudad se extendiese hacia allí, seguramente había sido una casa de campo o una pequeña hacienda. Tenía un gran sótano. Las ventanas estaban cerradas, lo mismo las del sótano que las del primer piso. Una acera de cemento de un metro de ancho corría todo a lo largo de los muros exteriores de la casa.

Llegaron al final del patio. Allí había un jardín con árboles frutales, y el *Gato* estaba trepando a una *caramboleira* [1], al mismo tiempo que hablaba con un hombre que llevaba chancletas, pantalón desflecado y camisa de un blanco dudoso. Debía de ser el guarda, el padre de los niños de antes.

—Hola... —dijo Farina saludando.

Todos dijeron «Hola», y el guarda respondió sonriendo. A continuación dijo:

—Menos mal que este chico ha venido por delante a preguntar, porque si no os podría haber disparado... Orden del jefe...

Nadie conocía la historia que el *Gato* se habría inventado. Farina respondió:

—¡Ah, claro!

---

[1] Arbol frutal.

El hombre se rió. Le faltaban dos dientes de delante y tenía muchos picados.

—¡Qué! ¿Estáis jugando al carnaval?

Mosquito Eléctrico iba a hablar, pero Teco-Teco le dio un pellizco en el brazo para que se callase. No había que exponerse a que dijese lo que no convenía. Tonico vio que era mejor dar explicaciones a la banda. Dijo, como si hablase al guarda:

—Sabíamos que ya era el tiempo de las *carambolas* [2]. El año pasado las robamos sin que se enterase el director, porque no nos dejaba... Entonces, yo le dije a la banda: «Vamos a hincharnos de *carambolas*, ahora no hay clases, no tiene que haber nadie en la escuela...» Pero la banda no quiso entrar así, por las buenas, y yo me adelanté para ver si había alguien...

—Has hecho bien —dijo el guarda—. Las *carambolas* se están pudriendo en el suelo, nadie las coge. Podéis comer todas las que queráis; yo entro un momento y vengo en seguida...

—¿Usted trabaja aquí? —preguntó Farina.

—Soy el guarda. Ahora hay muchos ladrones, roban hasta las tuberías de la conducción del agua. Yo estoy aquí siempre; cuando queráis frutas podéis venir; así me distraigo... Bueno, vuelvo en seguida.

Era un árbol viejo pero estaba cargado de frutos. Los chicos empezaron a trepar.

—¿Ya podrá con todos nosotros? —Farina tenía sus dudas.

---

[2] Fruto de la *caramboleira*.

—Tenemos que hacer algo —dijo Tonico—. Aún no he podido entrar en la casa. Iba a hacerlo cuando el tío ése me agarró. Entonces inventé el cuento de las *carambolas:* ya me había dado yo una vuelta por el jardín. Le dije que yo había sido alumno de la escuela y todo salió bien. Le dije que la banda estaba ahí fuera y que queríamos comer *carambolas.* Me dijo que podíamos hacerlo y entonces silbé.

—Y entonces vinimos nosotros —concluyó Farina—. ¿Pero qué vamos a hacer ahora?

—¡Atar al guarda! —dijo el Alemán, que siempre era partidario de los métodos extremistas.

—¡No! —sugirió Dasdo—. El *Gato* puede simular que tiene un cólico y pedir que le dejen entrar en la casa.

Todos se echaron a reír.

—Buena idea —dijo Farina.

—Vosotros entretenéis a ese hombre aquí y yo voy a examinar toda la casa...

—Puedes contar con nosotros —prometió Farina—, pero tienes que actuar rápido.

Volvió el guarda. Preguntó si habían comido muchas *carambolas.* Farina dijo que habían desplumado el árbol. El guarda se rió:

—No importa —dijo—. Podéis comeros todas, el patrón no viene por aquí. De cuando en cuando manda a una mujer a preguntar si todo marcha bien. Dice que va a arreglar el colegio. El sótano está lleno de sacos hasta el techo; cemento, arena y yeso, según dice... El sótano está lleno. Yo no puedo entrar allí. Solamente lo he visto de lejos...

—¡Ay, ay! —comenzó a gemir Tonico—. ¡Ay! ¡Qué dolor de barriga!

Todos se echaron a reír.

—Has comido demasiado —dijo Farina.

El guarda afirmó que Tonico había comido frutos verdes. El *Gato* bajó del árbol retorciéndose.

—¿Dónde está el retrete, señor guarda? ¿Arriba o abajo?

El guarda señaló la puerta del fondo, en el primer piso.

—Sube la escalera, está en el pasillo...

—Ya recuerdo... —respondió Tonico aparentando acordarse—. Yo creía que podría ir a los de abajo.

Tonico salió corriendo en medio de las risas de sus compañeros. También el guarda se reía. Farina señaló una puerta que había en el fondo del jardín y preguntó adónde daba.

—A un gran patio que hay detrás —respondió el guarda.

—¡El campo de fútbol! —gritó Teco-Teco.

—Debe de ser el patio de recreo —dijo Vilma dirigiéndose hacia la puerta. Ya Farina estaba levantando la barra de hierro.

—Es inútil —dijo el guarda—; está cerrada con llave.

—Abra, por favor, señor guarda —suplicó Vilma.

El guarda dudaba, pero Dasdo se lo pidió también y él acabó cogiendo una llave de un manojo que llevaba en el cinturón y abrió la puerta.

—¡Es el patio de recreo! ¡Vamos a jugar! —gritó María.

Farina observó en seguida que cerca de la pared había un gran montón de cosas cubiertas con una lona verde.

—¿Qué es eso? —preguntó Teco-Teco.

El guarda, que había entrado el último, advirtió:

—No os acerquéis ahí. El patrón me ha ordenado que no deje entrar a nadie. No tenía que haber abierto la puerta... Yo no entro aquí nunca... Vamos a salir.

En ese momento Farina echó a correr, desafiando a Yoca a que le cogiese. Yoca salió disparado. Agarró a Farina y empezaron a luchar. El *comandante* dijo en voz baja:

—Tírame contra la lona. Allí hay algo. Méteme debajo...

Continuaron peleándose, corriendo, pegándose, y se acercaron rápidamente al lugar. El guarda los estaba llamando, pero ellos hacían como si estuviesen luchando. Se detuvieron un momento para retarse y se agarraron de nuevo, hasta un momento en que Yoca retrocedió, cogió carrerilla y arremetió contra Farina, tirándolo de un cabezazo contra la lona verde. Farina lanzó un «¡ay!» y se llevó las manos al estómago. El cabezazo había sido fuerte y se quedó en el lugar en donde había caído; pero sus manos palpaban lo que había debajo de la lona. Metió la cabeza y vio que había un montón de sacos apilados sobre una tarima de madera, elevada algunos centímetros del suelo. «Para que no se moje con la lluvia —pensó Farina—. Aquí está el depósito.» Su mano palpaba unos sacos llenos de grano.

Yoca lo provocaba de nuevo. Los niños les miraban sin comprender lo que estaba pasando. El guarda se acercaba.

—¡Alejaos! ¡No quiero peleas aquí! Os advertí que no os acercaseis a la lona; si el jefe se entera es capaz de despedirme. ¡Fuera de aquí!...

—Perdone —dijo Yoca—, no nos habíamos dado cuenta... Estábamos peleándonos... ¡Empezó él!

—¡Tú! —gritó Farina—. Y me has hecho daño... Ya nos vamos, señor guarda, no se enfade... No hemos robado nada, de verdad...

Salieron lentamente. Se detuvieron para darle las gracias al guarda.

—Estaban muy buenas las *carambolas* —dijo Dasdo—. Perdone por todo, señor guarda...

El buen hombre movió la cabeza. Antes estaba alegre, ahora no. Había desobedecido las órdenes del jefe y estaba descontento consigo mismo; incluso empezaba a enfadarse con los niños.

En ese momento se oyó el silbido del *Gato,* que estaba en la entrada buscando a sus compañeros. Estos corrieron hacia él. El guarda caminaba detrás. Cuando llegó a la cancela, ya los chicos habían saltado la verja y estaban en la calle.

Era casi mediodía. Echaron a correr, bajaron toda la calle y torcieron en la esquina. Continuaron corriendo y se detuvieron un poco antes de la calle Baja.

—Cuenta, Tonico —dijo Farina—. ¿Qué has visto? Nosotros hemos encontrado un montón de sacos de cereales en el fondo del patio de recreo; estaban tapados con una lona. ¿Y tú? ¿Qué había en el sótano?

—¡El sótano está lleno hasta el techo! Descubrí una trampilla y una escalera para bajar al sótano, y bajé. Está repleto de sacos de alubias, de arroz, de azúcar, de harina...

—¿Y cómo sabes tú eso? —preguntó Pirulí.

—Porque vi los sacos y miré lo que tenían. Mira lo que traigo en los bolsillos...

Tonico metió la mano en el bolsillo del pantalón y sacó un puñado de granos mezclados con azúcar y harina.

—Guarda todo para enseñárselo a Román...

LA BANDA de Bulldózer no estaba aún de vuelta cuando la de Farina-Dasdo llegó a la barricada. El *comandante* contó lo que había pasado y dijo a Tonico que informase de lo que había descubierto. Tonico contó todo y enseñó las muestras que había traído.

—No vamos a esperar a Bulldózer —dijo Román—. Tú, *Gato,* vete corriendo a dar la noticia a los de arriba. Cuéntales todo y dales la dirección. Di que quieres hablar con el sargento Felipe. Si no está, no le digas nada a nadie. Deja el encargo de que venga cuanto antes a hablar con Román.

El *comandante* se frotaba las manos en el colmo de la alegría:

—¡Menuda banda más chula tenemos!

8

TONICO salió corriendo. Parecía tener un pequeño motor en las piernas.

—Nadie corre tanto como el *Gato* —dijo Román—. Es capaz de llegar allá abajo en diez minutos.

Tonico tardó un poco más. Al llegar, fue directamente a decirle al centinela que tenía que hablar con el sargento Felipe dos Santos.

Pronto se extendió la noticia:

—El enlace de Repique quiere hablar con el sargento Felipe...

—Enlace de Repique...

—...Sargento Felipe...

—... Enlace...

—... Felipe...

El sargento estaba al otro extremo.

—... Enlace...

—... Permiso...

—... Permiso para el enlace...

—El sargento ordena que dejen pasar al enlace...

Tonico pasó por entre unos hombres barbudos con ojos de sueño. Era la primera vez que Tonico cruzaba la barricada de arriba. Siempre se quedaba afuera, y era el sargento quien venía a hablarle. «El

Gato es capaz de pasar por entre las balas sin que le hagan nada», había dicho Román. Pero las balas no llegaban hasta allí. El frente de combate estaba lejos. En realidad no había frente propiamente dicho, a menos que se pudiese llamar así al *Morro del Inglés,* donde se luchaba día y noche, los unos arriba y los otros abajo, o por los alrededores, desde hacía casi una semana. En realidad había varios frentes, puesto que los combates tenían lugar en varios puntos alrededor de la ciudad, siempre por el norte. Esto en cambio era la retaguardia, y sería el último reducto de lucha si cayese la ciudad. Tonico vio al sargento Felipe hablando con dos soldados de uniforme. No todos los hombres iban de uniforme. La mayoría sólo tenía un pañuelo rojo, una gran barba y cara de mucho sueño. Todos parecían tener sueño. Dormían poco, en el santo suelo, envueltos en unas mantas descoloridas. Corría el rumor de que los legalistas habían recibido refuerzos.

LA REVOLUCION ya debería haber vencido. Tenía que haber vencido en seguida, pero los otros levantamientos habían fracasado y los rebeldes sólo luchaban en dos puntos del país. El retraso podía destruir las posibilidades de victoria. Los revolucionarios se iban agotando poco a poco. Empezaban a escasear los víveres, aunque se sabía que había alimentos de primera necesidad ocultos; era urgente descubrir los depósitos.

—¿Cuál es el mensaje, Tonico? —preguntó el sargento Felipe inclinándose un poco para oír la respuesta.

—La banda ha descubierto un gran depósito de víveres.

—¿Dónde? ¿En Repique? —la cara del sargento era toda ella una sonrisa, la boca, la nariz, los ojos, la piel, los dientes, todo en él sonreía de satisfacción—. Sois una banda estupenda...

—En un colegio de la calle del Congreso, en el número 58. Ahora está cerrado. No hay clases, pero hay un guarda...

Tonico contó lo que Farina y él habían visto. Echó mano al bolsillo y sacó las muestras de alubias, arroz, azúcar y harina, todo mezclado, y añadió:

—Esto en el sótano, pero en el patio de recreo hay más, todo cubierto con una lona verde... Los otros lo han visto...

—Voy a enviar un destacamento para prenderle...

Tonico no comprendió bien:

—¿Cogerle preso? El guarda no ha hecho nada; él no sabe nada...

—¿Que no sabe nada? Yo no creo que un hombre, por muy idiota que sea, si trabaja en un lugar lleno de sacos no vaya a ver lo que hay dentro... De todos modos, tendrá que responder a algunas preguntas... ¿Mi hijo Relé estaba con vosotros?

—No, Relé es del grupo de Bulldózer. Todavía no estaban de vuelta cuando yo me vine para acá. Román me dijo que tenía que venir corriendo..., que era muy importante.

—¡Y tanto! Lo habéis hecho muy bien. Continuad, todavía hay muchas cosas ocultas... Escucha, ni una palabra a nadie, ¿me entiendes, Tonico? Ni siquiera a tu padre. Dile a Román que mañana iré a hablar con él a la hora de la comida. Ya puedes irte, Tonico...

—A lo mejor vuelvo otra vez hoy... Porque la banda de Bulldózer..., no sé, a lo mejor también han tenido éxito...

SE APODERARON de los víveres que estaban almacenados en el sótano y en el patio del colegio. Se pudo probar que el guarda no tenía nada que ver en ello. Era un pobre hombre ignorante que apenas si sabía firmar, y que sentía una especie de veneración por las órdenes del patrón.

Tampoco el director del colegio tenía nada que ver con el acaparamiento de víveres. Es decir, en parte sí, porque había alquilado el edificio como depósito durante el tiempo que durase la revolución, sin ni siquiera preguntar con qué finalidad. Alegó que lo había alquilado para poder pagar él al dueño, puesto que durante ese tiempo no cobraría las mensualidades de los niños. En cuanto al patrón, el único verdaderamente culpable, se fugó y no se le encontró.

A Bulldózer y su banda les parecía sospechoso un garaje de camiones que tenía un cobertizo al fondo, pero no podían probar nada. Siempre había gente y no había medio de entrar para inspeccionar. Dieron cuenta de sus sospechas al sargento Felipe, y al día siguiente el sargento llegó muy satisfecho. El cobertizo era realmente un depósito enorme de víveres, el mayor de los cincuenta que descubrieron poco a poco en la ciudad. De ese modo, el aprovisionamiento de víveres estuvo temporalmente asegurado.

Armando perdió su argumento de la carencia de alimentos para discutir con Giuseppe, cuando éste reapareció para comunicarle una noticia que había oído durante su recorrido por las calles de la ciudad.

Tonico volvió a casa un poco preocupado. Había salido muy temprano y volvía tarde. Su padre estaría furioso. Seguro que estaría pensando que había ido con la banda. Hasta el presente se las había arreglado para inventar excusas, y su padre estaba muy tranquilo, sin sospechar nada. Al entrar en casa, Tonico esperaba que su padre le hiciese una escena, o que al menos le echase un rapapolvos y le pusiese un castigo.

Armando estaba en el salón. Tonico preguntó mientras entraba:

—¿Hay algo que hacer, papá?

Su padre le miró y respondió con calma:

—No, no he aceptado más encargos. Mañana salimos para el campo, a casa de mi suegro. A casa de tus abuelos, los padres de tu madre.

Tonico se quedó de una pieza.

—¿Nos vamos, papá? ¿Por qué? ¿Así de repente?

—¿Qué quiere decir eso de así de repente? Nos vamos ahora, precisamente cuando todo el mundo empieza también a irse. Tú eres un niño y no sabes en qué líos estamos metidos. Ya te he dicho que los rebeldes van a perder la guerra. Dicen que los legalistas van a bombardear la ciudad...

—¡Es un bulo, papá! Si yo te prometo que...

—No, no debes prometer lo que no vas a cumplir. Lo he pensado bien; es mejor que nos vayamos a la granja.

—Pero, papá...

Armando miraba fijamente a su hijo. En su cara vio una ligera palidez y una cierta indecisión en sus gestos. Después bajó la cabeza. Armando creía todos los rumores pesimistas que circulaban por la ciudad.

—¡Quién sabe si volveré a encontrar mi taller a la vuelta! Después de un bombardeo no queda nada...

—Eso no ocurrirá, papá, no vale la pena irse.

—Bueno, también es para que veas a tus abuelos. Son viejos y ya ni te acuerdas de ellos. ¡Pobres! Nunca les he mandado noticias, ni siquiera saben dónde vivimos. Pasaremos algún tiempo con ellos, se pondrán muy contentos.

Tonico no sabía qué decir. Dio una vuelta por el salón, fue a la cocina, entró en la alcoba y volvió de nuevo al salón. Había que avisar a la banda, hallar alguna solución. Tenía que hablar con Juan, el carpintero, para que convenciese a su padre de que se quedase en la ciudad.

—Papá, voy a hablar con Juan.

—Vuelve pronto.

Tonico salió volando. Había que ganar tiempo. Se dirigió hacia la barricada, pasó por la brecha de la tapia de la iglesia. Allí estaban Román, Relé, Teco-Teco, Vilma y Bulldózer.

—¡Román! Mi padre quiere que salgamos mañana en tren para la granja de mis abuelos. ¿Qué hago?

—¡Tú no puedes marcharte, tú eres el enlace! Hay que hacer algo. Dile a tu padre que la banda no consiente que te vayas...

—¡Yo no puedo decirle eso! Si precisamente quiere llevarme por causa de la banda... No quiere ni que os vea. Hoy he llegado tarde a casa y ya estaba con la mosca detrás de la oreja. Tiene miedo..., le han dicho que la ciudad va a ser bombardeada...

—¡Tontería! —interrumpió Relé—. Eso es un bulo; mi padre me ha dicho que eso es mentira.

—Ya se lo he dicho yo —dijo Tonico.

—Vamos a convencer a tu padre —propuso Bulldózer—. Vamos a hablar con Armando...

—¡No! —cortó Tonico espantado ante la sola idea de que sus compañeros fuesen a hablar con su padre—. No quiere saber nada de vosotros. Mi padre es muy testarudo. Cuando se le mete una idea en la cabeza, no hay nada que hacer.

—¡Entonces, fúgate! —dijo Vilma.

—Eso, te fugas y te vienes a mi casa —dijo Relé—. Yo te oculto y...

—Nada de eso —dijo Román—. Si el *Gato* fuese mayor no habría problemas; pero no tiene nada más que doce años y tiene que obedecer a su padre. No hay nada que hacer. Te vas a marchar, *Gato*, pero atiéndeme bien: si allí no estás a gusto, ¡ah!, entonces sí, entonces tienes derecho a venirte...

—Sí, señor —dijo Dasdo, que acababa de llegar y no sabía exactamente de qué se trataba—. Román tiene razón. Tú no quieres marcharte pero tu padre te lleva consigo. Bueno, te vas, no te acostumbras a aquello, y entonces vas y le dices a tu padre que te quieres venir. Y te vienes.

—Vosotros no conocéis a mi padre —replicó Tonico—. Voy a hablar con Juan, el carpintero... Vengo en seguida. *¡Gasolina,* ven acá! *¡Faísca!*

Los dos perros siguieron a Tonico, el cual se dirigió a la *Carpintería Modelo.* Al verlo triste, Juan le preguntó qué sucedía, por qué estaba preocupado. Tonico le comunicó que al día siguiente se marchaban al campo. A Juan le pareció una idea muy buena, que Tonico fuese a ver a sus abuelos.

—Se alegrarán mucho —dijo—. Y para ti es un bien. Tu padre tiene razón. También yo tengo miedo de que te pase alguna cosa. Tu padre tiene razón, eso de ir continuamente a la barricada de arriba es peligroso.

—¡Que no, Juan, que a mí no me dan las balas!...

—¿Quién ha dicho eso? Una bala atraviesa lo que pilla delante...

Juan prosiguió diciendo que los niños no entendían nada de la revolución y que Tonico no era más que un niño. ¿Cómo iba él a poder comprender una cosa tan difícil cuando ni él mismo, que era un hombre, podía comprender por qué se luchaba? Tonico respondió que él formaba parte de la banda, y que hacía lo que podía para ayudar a la revolución.

—No estoy hablando de la banda; lo que digo es que tú no comprendes nada... Los demás de la banda tienen a sus padres, hermanos, gente de su familia luchando allá arriba; pero tú, tú no tienes a nadie... ¿Qué interés tienes en ello?

—*¿Interés,* Juan? Habla usted como mi padre. Nunca le he oído hablar así... Aquel viejo me dijo que si nosotros no acabamos con el dragón, el dragón acabará con nosotros... Es el interés de todos... La banda no está ayudando a la revolución solamente a causa de sus familias..., no...

—¿Dragón? ¿Qué historia es ésa del dragón?

—La que contó el viejo. ¿No se acuerda usted de él, aquel domingo en la plaza? El viejo dijo que el dragón anda suelto por aquí; no se le ve, pero yo sé que son los legalistas...

—Ese viejo está loco, no sabe lo que dice. ¿Un dragón invisible? ¡Nunca se ha oído cosa igual! Verdaderamente, más vale que te vayas a la granja... —el caprpintero movió la cabeza—. ¡Estos críos tienen cada idea!

Pero viendo la cara triste de Tonico, procuró animarle. Dijo que el chico pronto se echaría amigos en la granja, que allí había un río con muchos peces y que podría aprender a pescar. Cerca había también bosques con muchos pájaros y animales...

—¿Hay panteras, Juan?

—No, panteras no, pero gatos monteses y monos sí...

Tonico comenzaba a estar interesado.

—¿Y mi padre me dejará ir al bosque?

AL SALIR de la carpintería, Tonico volvió a la barricada y contó a sus amigos la última parte de su conversación con Juan.

—Podrás cazar... —comentó Teco-Teco.

—¡Pero si no tiene carabina! —dijo Yoca que acababa de llegar.

—Los pájaros los puede cazar con tirachinas —dijo Farina.

Cada uno de los muchachos dio su opinión, comentó el viaje, y pidió a Tonico que le trajese animales y pájaros. Tonico empezaba a sentirse como un explorador que fuese a emprender una expedición a la selva virgen. Al final, todos querían irse a la granja con Tonico; pero Bulldózer enfrió el entusiasmo de sus amigos recordándoles que había que seguir buscando depósitos de víveres; y que aunque quisiesen ir, nadie les había invitado a la granja.

LA NOTICIA estalló de golpe en el barrio de Repique: ¡Las niñas habían entrado en la banda de los niños! ¡Las niñas hacían maniobras en la barricada! ¡Las niñas recogían dinero para la revolución! ¡Las niñas usaban tirachinas! ¡Las niñas hacían todo lo que hacían los niños! «No es posible», berreaban las matronas. «No es posible», berreaban los hombres. «¡Las mujeres se ocupan de los niños! ¡Las mujeres están en la cocina! ¡Las mujeres lavan la ropa!»

Fue una discusión de nunca acabar. «¿Quiénes son? ¿Quiénes no son? ¡Hay que hablar con sus padres! ¡No es posible! ¡No es posible! Están dando un mal ejemplo. ¡Mañana querrán ser iguales a los hombres! Hay que cortarles las alas desde el principio. ¡A casa! ¡Las mujeres a casa!»

—Mujeres, mujeres... ¡Qué mujeres ni qué porras! *¡Bambinas! ¡Bambinas!*, eso es lo que son —gritaba Giuseppe juntando los dedos de su mano derecha y agitándola en el aire—. *¡Bambinas!* ¿Y Anita Garibaldi [1], qué era sino una mujer?

El sargento Felipe estaba de acuerdo, aunque no tenía ni idea de quién fuese Anita Garibaldi.

—Y Juana de Arco fue hasta general —recordó alguien para defender a las chicas.

—Entonces, ¿usted piensa, sargento, que una mujer puede participar en la revolución como un hombre? —preguntó un viejecillo arrugado como una pasa, con los codos encima de la barra del bar y tomándose un café.

—Puede, y debe. Incluso, hasta tiene la obligación de hacerlo —dijo el sargento levantando la mano como para mostrar una meta muy alta y muy lejana.

El viejecillo se echó a reír.

—Esto es el fin del mundo —concluyó.

Yoca, que ayudaba a servir en el bar, oyó la conversación (siempre escuchaba las conversaciones de los mayores) y salió corriendo a contárselo a la banda.

---

[1] Anita Ribeiro da Silva (Anita Garibaldi), brasileña, esposa del famoso Giuseppe Garibaldi, uno de los principales artífices de la Unificación Italiana *(N. T.)*.

—Lo que ha dicho el sargento es verdad —dijo Dasdo—. Me gustaría saber la historia de esas dos mujeres.

—Yo la sabía, pero ya se me ha olvidado —dijo María.

A partir de ese día, los chicos estuvieron más satisfechos de la compañía de las niñas. Incluso hasta estaban orgullosos.

—También las mujeres van a ser famosas —dijo Ester.

Pero la gloria femenina alcanzó su apogeo cuando Vilma llegó un día con una trompeta que había encontrado en el arca de su abuela. Era un recuerdo de familia; pertenecía a un tío suyo que había sido bombero. A partir de esc momento, los de la banda tocaban la trompeta por cualquier pretexto. Doña Adelaida, la mujer del panadero, se quejaba de que ya no tenían tranquilidad, pero su hijo Manolín miraba a la banda todavía con más envidia. Los miraba a lo lejos, a través de la verja del jardín.

La banda se burlaba de él; cuando lo veían con la nariz pegada a la verja, espiándoles, le gritaban: «¡Oh, el portugués! ¡El chiquitín, con su papá! ¡Nena!»

El chico no respondía; bajaba la cabeza, aguantaba en silencio el insulto. No estaba enfadado con ellos, sino con su padre, que no le dejaba formar parte de la banda y que le pegaba a cada paso. Su mayor ilusión era entrar en la banda. Ya había empezado a ahorrar algunas perras, en una cajita, para comprarse unos patines de ruedas.

9

ARMANDO y Tonico cogieron el tren de las once de la mañana. El *Gato* llevaba su ropa en un maletín marrón que le había prestado Juan. Los vagones estaban atiborrados de gente y de bultos. Le habían dicho a Armando que para conseguir asiento había que llegar muy pronto a la estación y coger el tren al asalto, y eso fue lo que hicieron. Mucha gente iba en pie, y Tonico acabó por ceder su asiento a una señora que llevaba un niño en brazos.

El viaje duró ocho horas; generalmente duraba cinco. Esta vez el tren iba lentamente y se detenía en todas las estaciones. La gente subía y bajaba, aquello parecía un hormiguero. Cuando Tonico se levantó para ceder su puesto, su padre le tiró de la manga para que se estuviese quieto; pero él se levantó y dijo: «Siéntese usted, señora»... La mujer le dio las gracias, se sentó y no se movió hasta el final de su viaje. De cuando en cuando el bebé lloriqueaba y ella se abría la blusa y le daba de mamar. Se bajó cuatro estaciones antes que ellos, y Tonico se sentó de nuevo. Estaba muy cansado.

—Has hecho mal en dejarle tu sitio a esa mujer —dijo su padre—. ¡Que cada uno se ocupe de sí mismo! Hoy no se puede vivir de otra manera...

Tonico no respondió. Tenía sueño, pero hacía esfuerzos para no dormirse. Pensó en *Gasolina*. En el último momento, el perro había querido marcharse con él. Fue preciso que Yoca lo agarrase por el collar. Pirulí había dicho que *Faísca* iba a tener perritos. Hacía más de una semana que la perrita vivía en casa de Pirulí. ¿Cuántos perritos nacerían? Habían decidido guardar uno para Tonico.

—Porque *Gasolina* y *Faísca* son de todos nosotros —había puntualizado Relé.

—¿El perrito será para mí solo? —preguntó Tonico muy contento.

—Para ti solo. Y ya puedes buscarle un nombre. Tú inventaste los nombres de *Gasolina* y *Faísca*, y ahora tienes que inventar otro para tu perrito.

—*¡Explosión!* —gritó Tonico—. El hijo de *Gasolina* y *Faísca* [1] no puede ser más que *Explosión*...

Todos se echaron a reír. Era una buena banda... «A veces nos peleamos —se dijo Tonico— pero en seguida hacemos las paces.»

Todos habían ido en el último momento a despedirle; las niñas, también. Se habían quedado en el umbral de la puerta esperando que Tonico saliese. A Armando no le había hecho mucha gracia, pero nadie se preocupó por ello. Le habían tendido la mano, y el padre había tenido que estrechar la mano a todos los niños. Fue una despedida alegre.

---

[1] En portugués, *chispa*.

Giuseppe vino, y también Juan. Vilma le recordó que no se olvidase de traer un monito de la selva.

—¡Uno solo no! —gritó Tuca—. Toda una manada.

¡QUE alegre era la banda! Tonico les iba a echar de menos; también a las niñas. En el tren había mucha gente, pero Tonico sentía un gran vacío a su alrededor.

La noche empezaba a caer sobre la inmensa calma de aquellos campos que se extendían hasta perderse de vista allá en lo alto de las montañas, en la lejanía. Los animales no se movían en las praderas, parecían esos animales de los *belenes*, animales de mentira.

—Esta es la región de la leche y de la fabricación del queso —dijo Armando—. Por las mañanas tomarás leche fresca en el establo. Aquí la leche es pura, no como en la ciudad, en donde le echan agua. Te va a gustar esta vida, Tonico...

«¡Qué sueño!» Tonico ya no oía lo que le decía su padre. Armando se quitó la chaqueta, la dobló y la puso debajo de la cabeza de su hijo. Tonico no se despertó. Ya era de noche cuando se apearon en la estación de Pedreira Alta. Cogieron el autobús medio destartalado que les conduciría al pueblecito de Pedra Branca. Después habría que caminar a pie hasta llegar a la granja de los abuelos. Anduvo como un sonámbulo hasta llegar al autobús, se sentó y se durmió. El autobús brincaba, se bamboleaba, pero Tonico seguía dormido. Llegaron a Pedra Branca, pero aún quedaban tres kilómetros hasta llegar a la granja de los abuelos de Tonico.

—¡Hala, vamos! —dijo Armando.

—Yo me quedo aquí —replicó Tonico, sentándose en el suelo en la mismísima calle; apoyó luego la cabeza sobre el maletín y encogió las piernas. Quería dormir.

—¡Ahí no, Tonico! Vamos a ver si encontramos un sitio donde pasar la noche. Venga, vamos...

La calle estaba oscura, mal iluminada. El pueblo se reducía a una sola calle muy larga, con casitas a ambos lados. Había un bar y tres hombres discutiendo en una mesa. Armando entró y preguntó si había un lugar donde poder dormir él y su hijo. Le respondieron que hotel no había, pero que el dueño del bar tenía una especie de nave con tabiques de madera, que alquilaba para pasar la noche. Armando aceptó sin ver la cama y pagó por adelantado. Tomaron un bocadillo de pan duro con salchichón y bebieron un vaso de leche.

Cruzaron el jardín y entraron en la nave de madera, que tenía un estrecho pasillo a un lado. Seis sucias cortinas floreadas de cretona separaban los compartimientos del pasillo. En cada uno había un catre con una manta del color de todas las mugres. No había sábanas. Tonico, ya dormido, se echó en el catre. Armando se acomodó al lado de su hijo; apenas si cabían los dos en la cama.

Armando estaba cansado, pero no podía conciliar el sueño. Antes, los padres de su mujer no vivían en este pueblo, sino en Pedreira Alta. Ar-

mando había conocido a su mujer un domingo, en la plaza. Los recuerdos le asaltaban ahora con tanta nitidez como si todo hubiera sucedido la víspera mismo. Había tardado bastante en hablar con ella. Se miraban de lejos. Ella era guapa, menuda, tenía el pelo negro y era muy activa. ¡Qué recuerdos! Se diría que fue ayer.

Murió al dar a luz a su segundo hijo. Era una niña y murió con su madre. Nadie lo hubiese pensado; la primera vez todo fue tan bien... Habían ido a buscar al médico, pero no estaba en el pueblo. Había salido para atender a alguien en una granja, y cuando llegó ya era demasiado tarde. «Si hubiese habido otro médico en el pueblo, mi mujer no habría muerto. ¡Tan joven, la pobre! Yo me quedé solo y Tonico sin madre. Cuando yo me enfadaba con él, ella siempre me decía: «Ten paciencia... No seas injusto con él. Lo que más le duele a un niño es la injusticia...»

Es cierto, Armando había sido injusto con Tonico; pero, ¿por qué había tenido que meterse en esa banda de mocosos?... Y además apoyaban la revolución... Es verdad que el Gobierno metía a mucha gente en la cárcel, que muchos habían desaparecido y se decía que habían sido asesinados por la policía... Es verdad que los ricos eran cada vez más ricos y los pobres cada vez más pobres. Es verdad que las riquezas del país estaban en manos de grandes empresas extranjeras... Pero, ¿qué tenía que ver con todo eso él, Armando, el electricista? Nada. Era algo que no le concernía. Y mira por dónde, Tonico, su hijo, se metía en esa revolución que pretendía derribar a un Gobierno tan fuerte.

«Hay que comprender a los otros, Armando; tú quieres que todo el mundo sea como tú.» Eso es lo que le decía su mujer. Ella era más joven que él, pero sabía muchas cosas; a veces las adivinaba. Tal vez si aún estuviese viva... ¿Saldría Tonico a su madre?... También las niñas formaban parte de la banda. Si él tuviese una hija no la dejaría meterse... Pero, ¿acaso su mujer?... Giuseppe, el italiano, pensaba que las mujeres podían hacer lo mismo que hacen los hombres, pero el italiano estaba loco, hablaba demasiado y no decía más que tonterías. Pero..., si su mujer viviese..., ¿estaría ella en favor de la revolución?

Armando se durmió al amanecer. Los despertó muy temprano el gallo, cantando ante la puerta. Las gallinas cacareaban; eran una veintena, y escarbaban la tierra y hacían ruido: cot-cot-cot... Una gallina tenía pollitos.

—¿Es la yema del huevo lo que da ese color a los pollitos, papá?

—¡Vámonos, Tonico!

Armando estaba de mal humor. No había ningún medio de transporte hasta la granja y tuvieron que ir a pie. Hacía fresco. Para cuando el sol empezase a calentar, ya habrían llegado. Prados verdes, húmedos de rocío. Vacas, caballos, algunos borregos. Un *ipé* [2] en flor en medio del prado. Más lejos, una *paneira* [2] altísima. Un grupo de bambúes. De cuando en cuando, un árbol. El camino era de tierra, y cuando llovía aquello era un barrizal, y los

---

[2] *Ipé* y *paneira:* árboles.

surcos de las ruedas de las carretas quedaban marcados.

El abuelo, sentado en una vieja mecedora en el salón, de suelo de ladrillos, estaba liando un pitillo. Armando llamó a la puerta y entró.

No había cerradura, simplemente una barra de madera que colocaban por dentro para cerrar por la noche. Durante el día, la puerta estaba siempre abierta.

—Buenos días, suegro.

El viejo le miró con extrañeza.

—¿Tú eres Armando?

—Sí... y éste es su nieto. ¿Se acuerda usted de él?

El viejo contempló a Tonico.

—Mi nieto..., el hijo de Candinha [3]... —se levantó, corrió hacia la puerta del fondo y empezó a gritar—: ¡Zulmira! ¡Zulmira! ¡Ven corriendo! ¡Ven a ver a tu nieto! ¡Zulmira, ha venido tu nieto! ¡Ven aprisa! —Se volvió, estrechó la mano de su yerno. Después cogió las manos de Tonico entre las suyas y se le quedó mirando.

—Igual, igual que Candinha.

Doña Zulmira entró corriendo. Se detuvo delante de los recién llegados y, finalmente, se arrojó contra Tonico y le cubrió de besos la cara y el pelo. Tendió luego la mano a su yerno, se sentó, atrajo a Tonico hacia sí y lo aupó sobre sus rodillas. Tonico se resistió un poco; no estaba habituado a eso.

—Ven, Tonico, eres mi nieto...

---

[3] Se pronuncia Candiña.

—Hace años que esta mujer no para de llorar por su nieto. ¿Dónde estará? ¿Dónde no estará? Ni una noticia. ¡Nada!

—Cinco hijos tuve —dijo doña Zulmira—, y solamente dos vivieron. Uno se marchó al fin del mundo, a Guaporanga, no sé dónde, y Candinha murió, mi pobre hijita, tan joven... Solamente vive con nosotros Zé, el nieto de mi hermana. ¡Ven, Zé! ¡Ven a ver a tu primo!...

Tonico quiso bajarse de las rodillas de su abuela, pero la buena vieja lo retuvo firmemente.

—¡Quédate aquí, Tonico!

—Abuela, me parece que chocheas con tu nieto —dijo el abuelo—. ¿Qué edad tiene Tonico?

—Doce años, Ignacio —dijo Armando.

—¡Doce años! Parece que fue ayer y ya hace tanto tiempo... Deja al chico, Zulmira, ya es mayor para tenerlo en tus rodillas.

Tonico se levantó. Zé entró. Descalzo, con una camisa blanca sucia, pantalones a rayas, de una talla mucho más grande que la suya y remangados por los tobillos. Pequeño, moreno, fuerte, el pelo desordenado, se parecía a João Felpudo [4].

—Saluda a tu tío y a tu primo, Zé.

Zé alargó una mano de negras uñas, sin mirarles. Dijo:

—Buenos días... Buenos días.

—Lleva a Tonico a que vea la granja —dijo el abuelo.

---

[4] *João Felpudo:* personaje muy peludo de los cuentos infantiles, en Brasil.

—Esperad, vamos a tomar primero café y unas galletas.

Pero Zé dijo:

—Ven, tenemos tiempo de sobra.

Tonico cogió su maletín marrón, no sabía qué hacer con él.

—Deja aquí la maleta —dijo Armando.

Tonico siguió a Zé. Su primo no decía nada, miraba de reojo y no abría la boca. Tonico echó a correr. Zé le siguió. Se detuvieron delante de un naranjo cargado de frutos, algunos ya maduros. Tonico cogió una naranja, arrancó un trozo de piel con los dientes y se puso a chupar el zumo. Zé le imitó.

—¿Aquí hay banda? —preguntó Tonico.

Su primo no entendió la pregunta. Tonico le explicó:

—Otros chicos como nosotros...

Zé sacudió la cabeza.

—No. Allá abajo hay algunos muy pequeños y una niña —dijo—, pero chicos como nosotros no... Pero yo tengo un armadillo, un loro, un cerdito y un potrillo...

Zé lo llevó a ver al armadillo; era hembra.

—No tiene hijos porque no tiene un macho —explicó el chico—. Vamos a ver a mi potrillo. Se llama *Cabrito*.

El potrillo pastaba junto a su madre, una bonita yegua *alazana* [5]. Zé saltó sobre la yegua, a pelo, sin riendas ni nada, y salió al galope. Dio una vuelta,

---

[5] *Alazán:* color más o menos rojizo, parecido a la canela. Por extensión se llama así al caballo de ese color *(N.T.)*.

llegó hasta la cerca y volvió al galope. Se detuvo delante de su primo, bajó e invitó a Tonico a montar:

—¡Hala, ahora tú!

Tonico sacudió la cabeza.

—Yo nunca he montado a caballo...

—No es un caballo, es una yegua. ¡Venga!

Tonico miraba al animal. «¡Qué grande es!», pensaba.

No quería perder su prestigio ante Zé, que parecía como si se estuviese riendo de él.

—¡Hale! —le decía—. ¿Tienes miedo? *Rosinha* es muy mansa.

Tonico estaba indeciso. Ganas no tenía, pero había que montar. Si no, su prestigio quedaría por los suelos. ¿Qué diría la banda si estuviese allí? Además, él era el *Gato...* se acercó al animal, que sacudió la cabeza y relinchó. Tonico le pasó la mano por el morro; la yegua de nuevo meneó la cabeza y Tonico retrocedió. Tenía miedo. Para disimularlo se acercó al potro. Era muy jovencito, cubierto como de peluche. Cuando el chico se le acercó corrió hacia su madre.

—*Cabrito* se asusta de ti; es muy joven.

—¿Puedo montar en él?

—¡Qué va! —respondió Zé—. Es muy pequeño. Monta en la yegua. ¿Tienes miedo?

Tonico notó un poco de ironía en la forma de hablar de Zé y dijo que no con la cabeza. Se acercó a la yegua.

—Sube...

Tonico apoyó sus dos manos en el lomo del animal y saltó. Resbaló y cayó por el otro lado. Carcajadas de Zé.

—Sólo hay que saltar... Sube.

Tonico saltó y cayó a horcajadas, pero de lado. Se agarró a las crines y el animal partió al galope, alzando la cabeza. Tonico soltó las crines y se agachó: procuraba mantener el equilibrio, pero notaba que se estaba escurriendo. Estaba a punto de caerse... Se cayó.

La yegua siguió al trote, crines al viento. Zé se reía a más no poder. Corrió hacia Tonico.

—¿Te has hecho daño? ¡Ja, ja, ja!... ¡La gente de la ciudad!... ¡Ni siquiera saben montar a pelo!

Tonico se había levantado y se frotaba el trasero con rabia; sentía ganas de pegarle a Zé, de hacer que se tragase sus risitas burlonas de desprecio. Gritó, a punto casi de llorar:

—¡Vale ya, ya está bien!

Echó a correr cojeando; le dolía la pierna, pero ni se ocupaba de ella. Estaba furioso. ¡Montaría en la yegua y llegaría hasta el fin del mundo!... Se acercó, acarició el lomo, el hocico del animal...

La yegua sacudió la cabeza. Tonico arrancó un puñado de hierba y se lo dio a comer en su mano. La yegua levantó y bajó la cabeza, cogió las hierbas, rozó a Tonico con su cola. El chico calculó el salto, apoyó sus manos en el lomo del animal y cayó a horcajadas sobre la grupa. Avanzó hasta el lomo, apretó los pies alrededor del vientre del animal, se agachó y dijo golpeando los flancos con sus pies: «Vamos, *Rosinha,* vamos...» La yegua dio unos pasos y se detuvo. Tonico le dio una palmadita en el lomo. «¡Hale, *Rosinha!*»

El animal salió al galope. Tonico, con el cuerpo pegado al animal, guardaba el equilibrio apretando las piernas contra la barriga de la yegua. «Ahora no debo caerme.» Llegaron a la cerca; la yegua se detuvo y se puso a comer. «¿Y qué hago yo ahora para que vuelva?» La golpeó en los flancos, le dio una palmadita en la culata.

Rosinha dio media vuelta y empezó a caminar al paso.

—¡Corre, *Rosinha!* —y la animó con las piernas y con un golpe de talón más fuerte en la barriga. *Rosinha* empezó a galopar. Tonico empezó a perder el equilibrio y se agarró al cuello del animal. Al notar que le apretaban el cuello, la yegua se detuvo bruscamente. Tonico casi salió en vuelo planeado por encima de la cabeza de su cabalgadura.

—¡Vuelve, *Rosinha!*

Le dio un golpe de talón en el flanco derecho y *Rosinha* torció a la izquierda. Ya entiendo —se dijo Tonico—. Cuando yo quiera que vaya a la derecha, le doy un golpe en el lado izquierdo y cuando quiera que vaya a la izquierda, le doy en el lado derecho...»

—¡Arre, arre, *Rosinha!*

La yegua salió al trote hacia Zé que estaba jugando con el potrillo. Se detuvo junto a ellos y Tonico saltó al suelo. Ya no estaba enfadado, estaba contento.

—Ya has visto que la gente de la ciudad también puede montar a pelo un caballo.

—No es un caballo, es una yegua...

—Da igual... Ya me gustaría a mí ver si en la ciudad serías tú capaz de jugar al fútbol con nosotros, de chutar como yo a la primera... de conducir un coche a la primera... de montar en bici a la primera... de hacer todo lo que yo hago... ¡Ni hablar!

Zé miraba a Tonico admirado.

—Chutar, yo sí sé chutar... ¿Tú conduces un auto?

Tonico no respondió ni que sí ni que no. Se limitó a reírse. Hablaba y hablaba para dejar a Zé con la boca abierta, por haberse burlado de los chicos de la ciudad.

—¡Tonicooo! ¡Zéee! ¡El café, las galletas!... ¡Zé! ¡Tonico!

—¡Ya vamos! —gritó Zé—. ¡La tía ha hecho galletas! —y salió corriendo, seguido de Tonico.

—¡He montado a pelo en *Rosinha*, papá!

Armando se rió.

—Ya has empezado a hacer proezas, ¿eh?

Tonico tenía la cara colorada, llena de sudor. Tenía hambre y una sed tremenda. ¡Qué rico está el café recién hecho! «Con una *d*, una *f* y una *a*», como dijo el abuelo, y lo explicó riendo: «Dulce, fuerte y ardiendo» ¡Y qué delicia las galletas, que crujían entre los dientes!

—¡Está bueno, abuela! —el abuelo sonrió, la abuela sonrió también y pasó la mano por la cabeza de Tonico.

—Puedes comértelo todo, hijo mío...

Tonico sonrió contento y cogió un puñado de galletas.

—Es la mismísima sonrisa de Candinha —dijo el viejo.

—¿Me parezco a mi madre? —preguntó Tonico—. ¿Me parezco mucho?

Doña Zulmira iba a decir algo. Se detuvo. Sus

ojos lo decían todo. Recordaba. Ignacio, el abuelo, dijo:

—No he conocido a nadie como Candinha, con su encanto... Tú, Tonico, tú tienes su manera de reír; sus ojos suaves como el terciopelo, brillantes como dos joboticabas [6] y con la alegría de la flor de azahar [7]. Pero...

—Ignacio —intervino Armando—, Tonico es muy hábil, como su madre. Me ayuda mucho. ¿Sabéis su apodo? *El Gato...*

«El *Gato* es capaz de pasar por entre las balas sin que le hagan nada», había dicho Román. El era el *enlace*, pero se había marchado en el tren y había abandonado a la banda. «Tonico tiene que obedecer a su padre.» Ahora él estaba aquí, con sus abuelos, comiendo galletas bien tostaditas, crac, crac, crac, que crujían entre los dientes, y tomando café con una *d*, una *f* y una *a*. Era bonito eso de tener una abuela y un abuelo que le quisiesen a uno. Sabía montar a pelo e iba a aprender muchas cosas; por ejemplo, cazar pájaros...

—¿Cómo se hace para cazar un pájaro vivo? —preguntó a su abuelo.

—Yo te enseñaré —respondió el viejo—. Mañana construiremos una trampa.

Zé sentía celos. Salió por la puerta trasera. Tonico cogió otro puñado de galletas y echó a correr detrás de Zé.

—¡Aguarda, Zé! ¡Espérame!

Zé cogió una vara y empezó a golpear las hojas. Cuando se acercó Tonico, le dio un golpe en las

---

[6] Joboticaba: fruta de piel casi negra.
[7] Azahar: flor del naranjo y del limonero.

piernas y echó a correr. Tonico le persiguió, le quitó la vara y le devolvió el golpe.

—¡Me has pegado sin que yo te haya hecho nada! Ahora verás cómo duele...

Zé huyó y fue a esconderse. Tonico siguió andando sin rumbo fijo. Fue a la cochiquera, les tiró unas piedras a los cerdos. ¿Viviría en esta porquería el cochinillo que tenía Zé? Vio la sombra del chico deslizándose entre los árboles. Le seguía de lejos. «Ya se ha ocultado de nuevo. Yo no le he hecho nada y él me ha pegado.» Los chicos de su banda no eran así. Tonico no sabía que Zé estaba celoso a causa de las atenciones que tenían con él los abuelos.

«Sólo quieren a Tonico —pensaba Zé—. A mí nadie me quiere, ya no se ocupan de mí, pero yo soy quien les ayuda. ¡Ahora verán! Ya no voy a hacer nada. Que lo haga Tonico. ¡Ya verán!... Nadie me quiere...»

Tonico llegó a una cabaña que había en medio de una platanera. Se detuvo a mirar. Ladró un perro. Se acercó una mujer con un pañuelo en la cabeza.

—¿Qué quieres?

—Nada... Soy el nieto de ellos.

—¿De doña Zulmira y de Ignacio? Entra. ¡Para ya, *Canela!* —dijo la mujer dirigiéndose a la perrita, que seguía ladrando—. Siéntate... Mi marido va a llegar de un momento a otro; ya es la hora de la comida... Siéntate...

Tonico, un poco tímido, dijo:

—Ya vendré luego...

Salió. La casa de los abuelos estaba oculta por los

mangos [8] del jardín. Se veía un poco del tejado y el humo blanco de la chimenea de la cocina. Corrió hacia la casa.

Zé no fue a comer.

—Apártale un plato —dijo Ignacio a su mujer.

Tonico comió y salió en busca de Zé. Lo encontró en el cobertizo del maíz, en cuclillas, con los ojos rojos.

—¿Qué pasa, Zé? Tu comida está lista junto al fuego. Ve a comer.

—¡No quiero! Yo quiero irme de aquí.

Después de muchas preguntas, Zé acabó por confesar que se iba porque nadie le quería... Para animarle, Tonico dijo:

—Si tú te vas, yo también; pero es mejor que nos quedemos.

Le contó que estaría allí poco tiempo; sólo mientras durase la revolución.

—¿La revolución? ¿Qué es eso? Yo nunca he oído hablar de eso.

—La revolución es... pues que hay un dragón que mata a la gente, que devora todo, y que todo lo que queda lo manda en unos barcos al otro extremo del mundo. Al dragón no se le ve porque se descompone en muchos trozos que se convierten en hombres con cabeza de saltamontes, con pistolas y metralletas...

—¿Eso es la revolución?

—¡No, qué va! La revolución es cuando la guitarra se pone a tocar y todo el mundo va a luchar

[8] Mango: árbol que crece hasta 15 metros; su fruta, muy sabrosa, se llama también mango *(N.T.)*.

contra el dragón. Sólo falta el avión rojo, entonces el dragón tiene miedo y se convierte en trocitos y se cogen los trocitos y se arrojan a la hoguera de San Juan, y entonces se manda la ceniza al fin del mundo con un mensaje para el amo del dragón: «se acabaron los tiempos del dragón» también la banda es la revolución y peleamos con hondas.

Zé se levantó entusiasmado, hizo como si disparase con una honda y dijo:

—Yo también tengo una honda, y le tiro una piedra a la cabeza del dragón, y se muere en pedacitos, y entonces yo voy con la banda, y lo quemo, y después salto por encima de la hoguera, y caigo por el otro lado sin quemarme, y nadie va a saltar como yo...

Tonico soltó la carcajada. Luego le contó la historia de la banda, el nombre de cada chico, le habló de las niñas, de *Gasolina* y de *Faísca,* y hasta de *Explosión,* que todavía ni siquiera había nacido... Ya eran amigos.

AL DIA siguiente salieron de pesca. Tonico no había visto nunca un río.

—¡Qué barbaridad de agua! ¿Está siempre corriendo, de día y de noche? ¿Qué pasaría, Zé, si el río se parase?

—No se para —respondió Zé—. Si se para, inunda todo, y todo el mundo se muere ahogado, y las vacas también.

Estaban de acuerdo. Ahora ya estaban siempre de acuerdo. Zé sabía muchas cosas que Tonico ignoraba, y Tonico le contaba las aventuras de la ciudad y Zé se quedaba con la boca abierta.

Armando estaba contento. Su hijo había engordado un poco, tenía unos magníficos colores y se había puesto moreno. Ayudaban a doña Zulmira a fabricar el queso y a atar los cabos de las salchichas. Tonico iba al pueblo con Zé a hacer las compras y a llevar los quesos y las salchichas.

—Vivimos, vamos tirando —decía Ignacio a su yerno—. Cuando yo me muera, la granja será para Tonico. Está bien que vaya aprendiendo; la granja va a ser suya...

Un día, Zé salió por la mañana muy temprano para ir a Pedra Branca a llevar salchichas y quesos.

Se marchó montado en un borrico que llevaba dos canastas, una a cada lado de la montura. Regresó a mediodía con un dinero que puso sobre la mesa. Traía medio saco de alubias y cuatro kilos de azúcar. Por señas llamó a Tonico y lo llevó con aire misterioso al fondo del jardín.

—Vámonos a la ciudad —dijo—. Dicen que dentro de poco ya no habrá más trenes. Si no nos vamos ahora, no nos iremos nunca. Vámonos esta noche; nadie nos verá. Ya volveremos luego... ¡Marchémonos!

—Tenemos hasta medianoche para decidir —respondió Tonico.

Zé no le dejaba en paz. Venía a cada momento, le daba en el brazo y le decía:

—¡Vámonos, Tonico, decídete!

10

CENABAN al atardecer, cuando los últimos rayos de sol pegaban en la ventana del salón. Luego, los mayores se sentaban fuera mientras los dos muchachos jugaban. Celestino, que vivía junto al arroyo, vino a echar una parrafada: hacía buen tiempo, el maíz estaba creciendo, antes de una semana debería llover.

Armando comentó que en la ciudad nunca prestaba atención a las estrellas. Mostró a Tonico la *Cruz del Sur*, las *Tres Marías*, las *Siete Estrellas*... No sabía más.

¡Qué bonita es la noche en el campo! Los grillos cantando en la oscuridad, cri-cri-cri; los gusanitos de luz parpadeando: verde-azul, azul-verde, verde-azul...

—Un poco más tarde empezarán los sapos allá abajo, en el barranco —dijo doña Zulmira—. ¡Señor, qué croá-croá! ¡Imposible dormir!

Ignacio le tomaba el pelo a su mujer:

—Zulmira duerme con sapos o sin sapos...

—Oye..., tú hablas de mí, pero lo que es tú...

Todos reían. Eran gentes sencillas. Tonico, su nieto, estaba con ellos, el maíz crecía bien, la vaca daba leche, los cerdos engordaban, habían cenado un buen pollo asado y legumbres de la huerta. Estaban contentos.

Armando había descubierto una vieja radio estropeada y quería arreglarla. Hacía falta una pieza que iría a buscar al pueblo. Todos estaban en paz y satisfechos de la vida; todos, menos Zé.

Tenía ganas de conocer la ciudad, de ver la revolución, de tirar una piedra a la cabeza del monstruoso dragón. Pero, sobre todo, quería viajar en tren, en coche, en autobús y, más que otra cosa, quería conocer a la banda.

—Vamos a coger luciérnagas...

Empezaron a meter gusanitos de luz en una cajita.

Zé le dijo a Tonico en voz baja:

—Dile a tu padre que hoy quieres dormir en el salón, y tráete tu colchón...

Cuando doña Zulmira les llamó para que se fueran a dormir, Tonico fue a su cuarto, cogió el colchón y lo llevó al salón.

—¿Qué haces, Tonico? —preguntó Armando.

—Quiero dormir en el salón, papá.

Zé desenrolló su colchón, que estaba apoyado contra la pared. Ignacio se llevó la lámpara de petróleo a su habitación, y todos se fueron a dormir.

Zé luchaba contra el sueño. Como se durmiese, ya no se despertaría más. Viendo que no podía más, se levantó y se echó por la cara agua fría del botijo. Fue hasta la puerta de Armando, estuvo escuchando un rato, luego fue hasta la puerta de la habitación de los abuelos. Volvió al salón y llamó en voz baja a Tonico varias veces.

Lo zarandeó. Tonico se despertó sobresaltado.

—¿Qué pasa? ¿Qué ocurre?

—¡Chist!... ¡Vamos ya!

Tonico se levantó medio dormido, cogió sus zapatos para ponérselos fuera. Quitó Zé la barra de la puerta y salieron. De pronto, Tonico se acordó: sacó un trozo de papel del bolsillo, volvió corriendo hasta la casa y lo echó por debajo de la puerta.

—¿Qué pasa? —preguntó Zé.

—Nada. Es para que mi padre sepa que vamos a la ciudad y que ya volveremos.

—Si se lo dices nos seguirá...

—Cuando se levanten ya estaremos lejos —respondió Tonico.

Caminaron hasta el pueblo, cogieron el destartalado autobús (el último que salía por la noche) que no dejó de zarandearles hasta llegar a Pedreira Alta. El tren pasaba a las cinco de la mañana..., pero surgió un contratiempo: ¡no tenían dinero para sacar los billetes!

—Eso no importa —dijo Zé—. El tren es de todos.

—Pero hay que pagar los billetes —dijo Tonico—. Es como el autobús, sólo que hay que sacar los billetes antes, en la ventanilla de la estación.

—Ya lo pagaremos a la vuelta —dijo Zé.

—¡Eso no se puede hacer! —insistió Tonico—. A lo mejor podemos subirnos al tren sin que se den cuenta.

Se sentaron en unos escalones y se pusieron a esperar. Se durmieron. Les despertó un silbido. Era el tren que cogía ya la curva para entrar en la estación. Por primera vez venía con adelanto. Se detuvo y resopló humo. Un guarda iba y venía.

—¿Y ahora qué hacemos? —preguntó Zé.

En ese momento oyeron un ruido de chatarra: estaban añadiendo un vagón.

El *Gato* dijo:

—Ven, Zé...

Empezaba a amanecer. Pasaron por delante de la máquina y corrieron hacia la cola del tren. Allí había un vagón descubierto, con jaulas de gallinas. Los dos chicos subieron y se escondieron, en silencio, entre las jaulas.

—¡Qué peste a gallina! —exclamó Tonico.

—Ya cambiaremos después de vagón —dijo Zé.

El tren silbó, echó una bocanada de humo y se puso en marcha lentamente. Poco a poco fue cogiendo velocidad. La estación desapareció. Zé levantó la cabeza y gritó:

—Nos dirigimos hacia ese puente...

Las gallinas se despertaron y empezaron a hacer ruido.

—Habla bajo, Zé..., que puede venir alguien...

Se arrastraron hasta encontrar un rincón donde sentarse. Y se durmieron. No vieron cómo el tren se detenía en las estaciones. Les despertó el calor del sol que les daba de lleno en la cara.

—¿Qué hora es? —preguntó Tonico.

Zé levantó la cabeza, midió la posición del sol y opinó que deberían de ser las diez y media de la mañana.

—Entonces ya vamos a llegar pronto —respondió Tonico.

El tren se detuvo dos veces más, y a las doce entró en la Estación del Sur. Los chicos bajaron del tren, subieron los escalones de cemento que conducían al andén de la estación.

—Nadie nos ha visto —dijo Zé muy contento—. ¿Qué te había dicho yo?

—Porque era de noche —respondió Tonico.

Tonico caminaba delante. Zé, detrás, era todo ojos. No hacía más que preguntar: «¿Qué es esto?» Tonico estaba cansado de tanto responder.

—¡Para, Zé! No haces más que preguntar tonterías... Yo tampoco sé qué es eso...

Zé adoptó un aire enfadado; luego dijo que tenía hambre.

—Aguarda —dijo Tonico—; no tenemos dinero. Iremos a pie a Repique y allí la banda nos dará de comer.

Tonico conocía ese barrio de la ciudad. Tomó un atajo. Cogía una calle, salía a otra, rodeaba ésta, cruzaba aquélla. La Estación del Sur estaba justo al final del barrio de Repique, lindando con el de la Pólvora, donde vivían los obreros de la fábrica de municiones, situada junto a una bifurcación de la línea del ferrocarril. A pesar de las protestas de los periódicos y del ayuntamiento, que denunciaban a la fábrica de municiones como una amenaza para la vida de los habitantes, había empezado a funcionar varios meses antes de que estallase la revolución. Ahora estaba en manos de los rebeldes, y un destacamento de soldados hacía guardia día y noche, por miedo a que los contrarrevolucionarios hiciesen algún sabotaje.

Yoca había contado un día que el sargento Felipe había dicho en el bar:

—Sí, realmente es un peligro la fábrica de municiones tan cerca de la ciudad. Pero como el terreno era propiedad del gobernador y como el Gobierno no se ocupaba nada más que de sus propios intereses... Por eso es por lo que la revolución tiene que cambiar el sistema...

—¡Tengo hambre! —se quejaba Zé por tercera vez. Tonico no respondió. Siguieron caminando.

—¡Ya hemos llegado! —gritó Tonico, y echó a correr hacia la barricada.

Allí estaban Teco-Teco y Ester haciendo guardia.

—¡Mira, el *Gato!* —exclamó Ester.

La banda andaba desperdigada, a la búsqueda de depósitos de víveres.

—Hemos descubierto muchos depósitos —dijo Teco-Teco—, pero sabemos que hay más. Ahora todos quieren entrar en la banda. ¿Sabes, Tonico? ¡Estamos convirtiéndonos en unos héroes!

—Sí —dijo Ester—, pero Román dice que con mucha gente la cosa no marcha... ¿Quién es este niño?

Tonico presentó a Zé. Luego contó lo de la fuga durante la noche, el viaje en tren en el vagón de las gallinas, y acabó diciendo que tenía hambre y que no tenían dinero para comprar nada.

—Vamos a mi casa —dijo Ester—. Ya veré qué hay para daros de comer.

Entraron por la puerta de la cocina. La madre de Ester estaba cosiendo en el salón. Sobre el fogón había una cacerola de alubias y otra con sobras de arroz.

Ester preparó dos platos. Tonico y Zé comieron

rápidamente y salieron mordiendo un mendrugo de pan.

La banda estaba casi al completo en la barricada. Ya sabían lo de la fuga de Tonico y la llegada de Zé.

Gasolina corrió hacia Tonico con una alegría loca; saltaba, movía el rabo, no paraba de lamer al chico.

—Si tu padre viene a buscarte, nosotros te escondemos —dijo Relé.

—¿Dónde está Román? —preguntó Tonico.

—Está hablando con el sargento Felipe en su casa.

Farina le informó de que la banda había hecho muchas cosas y de que la barricada de arriba estaba muy satisfecha.

Poco después llegó Román. Estaba radiante por volver a ver a Tonico y exclamó:

—¡Llegas a punto, *Gato!* ¡Te necesitamos!

Tonico presentó a Zé y dijo que sabía montar a pelo en un caballo.

—Es una yegua —interrumpió Zé.

Tonico prosiguió: un día había ido de pesca, pero no había cogido más que una miseria de pieza que no se podía ni comer; era de pequeña como un dedo. Entonces Zé empezó a contar que una vez él había pescado un pez muy grande (indicó un tamaño enorme), y que en el río que pasaba cerca de la granja había peces todavía mayores; tan grandes que podían tragarse a un hombre de un bocado...

Algunos chicos le creían, otros no. Valdo estaba impresionado y empezó a hacer unas preguntas a las que Zé respondía mal y tartamudeando.

—¡Eres idiota! —dijo Teco-Teco, dándole un codazo a Valdo—. Zé está inventando todo esto para impresionarnos. ¿No ves que son bolas?

—¿Dónde está *Faísca?* —preguntó Tonico.

Faísca estaba en casa de Pirulí. Iba a tener perritos hoy o mañana. Valdo se fue a casa de su amigo.

Por el camino se encontró con Pirulí. Venía corriendo para anunciar que *Faísca* acababa de tener cuatro perritos.

—En casa, en el sótano, en una cesta... ¡Ahora mismito!

Al oír que *Faísca* había tenido cuatro hijos, los chicos salieron corriendo para verlos. Pero no podían entrar todos a la vez. La madre de Pirulí estaba furiosa; se puso a gritarles y los mandó a paseo. Por eso sólo pudieron entrar a escondidas, de dos en dos. Era la primera vez que tenía perritos, y desde la mañana no se encontraba bien. Por eso se había quedado Pirulí con ella.

—Después del primero, nacieron los demás... *Faísca* estaba echada; quería dormir, ahora no le interesaban los niños. Los perritos eran muy pequeños, blanditos y tenían los ojos cerrados. Los chicos estaban un poco decepcionados.

—Yo creía que podríamos jugar con ellos —dijo Valdo.

—¿Se va a morir *Faísca?* —preguntó Tatá.

—¡No! La cosa es así... —afirmó Yoca, que se había escapado del bar en el que ayudaba a servir—. Cuando nació mi hermano, mi madre se quedó en la cama. La cosa es así...

—No es verdad —dijo Mosquito Eléctrico—. Mi vecino tiene una perra que tuvo perritos, y en seguida estaba corriendo...

—Los perros son como las personas, no todos son iguales —dijo el Alemán.

—Eso es verdad —confirmó Zé, cuya autoridad en materia de nacimiento de animales no admitía discusión alguna.

—Yo, una vez, ayudé a nacer a un ternero —contó el chico, muy orgulloso por el interés que despertaban sus palabras—. La cría estaba atascada, con dos patas fuera, y la pobre vaca no hacía más que mugir. Entonces tiré con todas mis fuerzas, le di un poco la vuelta y ¡plaf! el terreno que se cayó al suelo. Tenía una mala postura...

—¿Cómo? —todos querían saber.

—Todos, los animales y las personas, sacan primero la cabeza, del vientre de su madre. A veces salen como una bala, pero otras veces la cosa no marcha y hay que ayudar... Las personas y los animales son distintos unos de otros...

Los chicos de la banda estaban boquiabiertos. ¡Caray, Zé! ¡La de cosas que sabía!...

—¡Tiene gracia! —exclamó María—. *Gasolina,* el padre, debería estar aquí. Eso no está bien...

—A lo mejor ni sabe que es el padre —dijo Tuca.

—Saber, saber... sí que lo sabe —dijo Zé—. Los animales saben todo...

A partir de ese momento, Zé fue aceptado por la banda de Repique. Aceptado y admirado por los niños. Daba igual que hablase mal, que se pareciese por su vestido a un espantapájaros, y por sus pelos largos y despeinados a *João Felpudo.* Zé sabía muchas cosas que los niños de la ciudad no sabían. Contaba unas historias que ellos nunca habían oído: la historia del *saci* [1], la de la mula sin cabeza, y otras muchas de duendes, de animales y pájaros que nacen, viven y mueren hablando como las personas.

—Vamos a buscar ropa para Zé —dijo Dasdo.

Le encontraron un vestido y pidieron al barbero, que era el padre de Mosquito Eléctrico, que le cortase el pelo. Al cabo de tres días, Zé parecía un chico de la ciudad. No quería otra vida. Se había hecho importante. Hasta tenía ya un mote: *Biriba.*

Los primeros días, los dos chicos comían en casa de sus amigos; un día en casa de uno, otro día en casa de otro. Y dormían aquí, o allí... Luego, Tonico entró en su casa forzando la ventana de la cocina. Pidió permiso al vecino, trepó por la tapia del huertecillo, y como la ventana no cerraba bien, la abrió fácilmente. Pero como no tenía dinero para comprar comida, se puso a hacer pequeños trabajos de electricidad que aún venían a encargar a Armando.

Era poca cosa, pero bastaba para comer. Tonico fue a pedirle trabajo a Juan, el carpintero. Hasta entonces no había ido a verle, por miedo a que su viejo amigo se enfadase con él.

Fue a verle. Juan le echó una bronca de miedo... Que a ver qué era eso, que qué falta de juicio y de respeto para con su padre, y no digamos nada de los abuelos..., que tenía que regresar inmediatamen-

---

[1] *Saci:* ser fantástico.

te con Zé... Se negó a darle trabajo. Le daría el dinero para el billete de vuelta y nada más.

—¿Tu padre sabe que estás aquí?

—Le dejé una nota por debajo de la puerta, diciéndole que nos íbamos a la ciudad.

—¿A la ciudad? ¿Pero a qué ciudad? Tu padre se habrá creído que os habéis ido a dar una vuelta por alguna ciudad de los alrededores. Estoy seguro de que ni se imagina que te has venido aquí... Vuélvete hoy mismo a la granja...

Tonico bajó la cabeza y se alejó lentamente.

LO QUE Juan, el carpintero, había dicho era verdad. Al principio, al leer la nota de Tonico, Armando había pensado que su hijo se había vuelto a su ciudad, a su casa. Pero luego, Ignacio había dicho que era mejor preguntar en la estación de Pedreira Alta.

Y allí fueron. El vigilante aseguró que ningún niño había cogido el tren, y mucho menos dos. El empleado de la taquilla lo confirmó. El conductor del autobús dijo que él había llevado dos chicos, pero que se habían apeado mucho antes de la estación; además, la descripción no correspondía con la de los chicos que él había visto. Si eran ellos, habían cogido el autobús que pasaba un poco más tarde para Adularia, en la baca.

Armando fue a Adularia y aprovechó para comprar la pieza para la radio, a fin de acabar la reparación. En Adularia, el jefe de estación dijo que él había visto a dos niños que salían dirección de Reguengo. Entonces, Ignacio aconsejó:

—Volvámonos a casa. Ninguno de los dos chicos es tonto. Cuando yo era pequeño me escapé de casa tres veces, y aquí estoy, vivito y coleando...

Pero Armando estaba inquieto. Se asomaba a la puerta cien veces al día, para ver si venían; se levantaba durante la noche, no tenía reposo. Al cuarto día, después de cenar, Armando habló con su suegro. Le contó que Tonico formaba parte de una banda de tunantes del barrio de Repique. El, como padre, no aprobaba esas amistades; hasta le había dado una vez una paliza a su hijo, pero no había servido de nada; a sus espaldas seguía viéndose con la banda.

—¡Por Dios, Armando! —dijo la abuela—. ¿Le has pegado a Tonico?

Ignacio fue más categórico:

—Pegar no arregla nada. Lo que los chicos no entienden por las buenas, no lo entienden por las malas. A los chicos les gusta organizar pandillas, eso es natural. Son los padres los que no comprenden. ¿Esa banda roba? ¿Son unos golfos?

—No, no, no matan ni roban a nadie, no es eso... Pero...

—¿Pero qué, Armando?

—¡Pues algo peor todavía! Que todos esos chicos son hijos de rebeldes y han decidido ayudar a la revolución.

Ignacio se echó a reír.

—¿Y Tonico? —preguntó doña Zulmira.

—Tonico..., pues..., pues se junta con los que siembran el desorden.

—Te engañas, Armando. Un revolucionario no es siempre un sembrador de desorden... Escúchame: cuando yo era joven, también participé en una revolución y no me arrepiento de ello. Si yo fuera ahora más joven, lo haría de nuevo...

Doña Zulmira se asustó:

—¿Tú, Ignacio? ¿Y si le ocurre algo a Tonico? ¡No le faltaba más sino que saliese a su abuelo!

Ignacio se rió. Armando miró con extrañeza a su suegro, a ese viejo con aire tan tranquilo...

—¡Porque a nosotros nos va bien, Zulmira! Tenemos nuestro poquito de tierra..., pero, ¿y los otros? Toda esa gente en la miseria, y unos pocos ricos que se aprovechan de ellos... ¿Quién puede ver eso, Armando, sin sublevarse?

Armando se sentía como si le hubiesen dado una sacudida eléctrica. Decididamente no entendía nada de nada. Se levantó y dijo que se marchaba en seguida a la capital, a buscar a Tonico. El abuelo le aconsejó que esperase dos días más. Ignacio tenía ahora la certeza de que su nieto se había vuelto a la capital.

«No está mal el pequeño», se decía.

«Sale a su abuelo», pensaba doña Zulmira dando vueltas por la casa.

11

FARINA, Román y Bulldózer llamaron a la puerta. Tonico abrió y todos entraron en el salón. Zé se sentó en el suelo.

—Zé, vete a la cama. Queremos hablar con el *Gato.*

El chico no quería salir de la sala, pero acabó marchándose aunque a regañadientes. Farina se rió y cerró la puerta.

—Escucha, *Gato,* es algo muy serio. Relé ha oído una conversación entre su padre y un individuo, y hemos decidido mandarte...

—Los legalistas van a atacar —dijo Bulldózer— y tenemos que enterarnos de cuándo y por dónde lo van a hacer...

—No os explicáis bien —interrumpió Farina.

—Pensábamos ir nosotros mismos —explicó Román—, pero ya somos mayores y podrían desconfiar. Hace falta un chico pequeño, pero que se las sepa arreglar bien. Y tú estás acostumbrado a ir solo...

—Es verdad —confirmó Tonico—, y soy capaz de pasar por entre las balas sin que me hagan nada...

—Es cierto, tienes una suerte...

—El *Gato* podría pasar por entre las gotas de la lluvia sin mojarse —bromeó Farina.

Todos se echaron a reír. Román dijo que la idea se les había ocurrido a ellos, a los tres *comandantes.* Si los de la barricada de arriba se llegasen a entrar, serían capaces de prohibirles que fuese un chico de la banda.

—¿Pero adónde tengo que ir? ¿Qué tengo que hacer? —preguntó Tonico lleno de curiosidad.

—Tienes que ir al *Morro del Inglés*, en medio de los legalistas, y descubrir por dónde y cuándo van a atacar. Se sabe que están preparando una gran ofensiva, pero no sabemos nada más.

—Vas en misión secreta —concluyó Bulldózer.

—Es un SECRETO DE ESTADO —advirtió Farina.

—De acuerdo —dijo Tonico—. Pero, ¿cómo voy a llegar hasta allí?

Román bajó la voz y acercó su cara al oído de Tonico. Luego, se levantó y se dirigió a la puerta. Se oyó entonces a alguien que corría descalzo. Román abrió la puerta y gritó:

—¡Eso no se hace, Zé! ¡Vete a la cama!

Todos se rieron. Volvió Román y dijo:

—Harás el papel del hijo de familia rica que se ha escapado de su casa... o que ha perdido a su familia, o... ¡Ya veremos!... Pero tienes que contar siempre la misma historia... Pueden someterte a interrogatorio. Pero todo saldrá bien.

—Los de la barricada de arriba ya han enviado a cuatro hombres. Los cuatro han sido descubiertos y hechos prisioneros. Por eso hemos decidido enviar a un chico de la banda. Los legalistas no sospecharán de un niño. Tienes que encontrar la forma de meterte por todas partes y de enterarte de todo. En cuanto descubras cuándo van a atacar y por dónde, te largas y te vienes en seguida a decírnoslo.

—Y, sobre todo, no digas que vives en Repique, ¿eh, *Gato?* Es mejor que encuentres una casa por allí; hay muchas casas vacías; también tienes que cambiar de nombre, pero ¡cuidado! no vayas a contradecirte... Como sospechen, te retendrán allí hasta el final, y eso no puede ser.

Farina sugirió:

—Es mejor que se haga pasar por tonto...

—Todo dependerá de lo que ocurra. No se puede prever. El *Gato* tiene que ser inteligente. Pero si hay que hacerse el tonto, pues te haces el tonto...

—Tenéis razón —dijo Bulldózer—. Pero yo creo que para que el *Gato* pueda andar por allí, es mejor que sean ellos quienes lo encuentren. Es mejor no ir directamente al *Morro del Inglés.*

—Yo pienso igual —confirmó Farina—. Así podrá decir que se ha perdido...

—No. Voy a decir que me escapé porque tenía miedo y que, cuando volví, mis padres se habían ido...

—No sé... —dijo Román—. Los padres no abandonan a un hijo suyo así por las buenas... Sería sospechoso...

—Entonces diré que me marché con mis padres y que después me escapé para buscar a mi perro, y que no lo encontré, y que...

—Pero entonces te preguntarán que adónde han ido. ¿Y qué vas a decirles?

—Pues entonces se hace el tonto —insistió Farina.

—Ya veré lo que digo —dijo Tonico—. Ya me las arreglaré...

—Pero que no parezca una lección que te has aprendido de memoria, ¿eh, *Gato?* Y no debes responder si no te preguntan. Ni una palabra de más. Y acuérdate de repetir siempre lo mismo... —recomendó Román.

—La revolución tiene que vencer. El sargento Felipe dice que después todo será mil veces mejor... —afirmó Bulldózer.

—Ya lo sé —dijo Tonico—. El viejo me dijo que después ya todo es bueno. Ahora sólo falta el avión rojo.

—¿El avión rojo? ¿Y cómo sabes tú eso? —preguntó Román extrañado—. Llegó ayer. Era un avión de los legalistas, que se ha pasado a nuestro bando. El piloto dijo que el Gobierno mete en la cárcel a demasiada gente, que las mata... Han matado a varios estudiantes; uno de ellos era hermano del piloto. Entonces dijo «Yo ya estaba contra esta dictadura, pero ahora me paso a la revolución para acabar con ella.» Y cogió su avión y aterrizó aquí, en el campo de entrenamiento.

—¿Habló por el altavoz?

—Sí —continuó Román—. Cuando aterrizó, habló por el altavoz para pedir que le dejasen hablar con el general Faria. El fue quien nos informó de que los legalistas van a atacar...

—Si el avión rojo ha venido, ya hemos ganado —afirmó Tonico.

—Todavía no —replicó Farina—. Ellos van a atacar y no sabemos por dónde. Por tanto no podemos decir que...

—Bueno, me voy —dijo Tonico levantándose.

—No, mañana vendré yo a buscarte temprano —prometió Román.

AL DIA siguiente, Tonico estaba aún dormido cuando llegó Román. Zé abrió la puerta.

—¡Levántate, Tonico!

El *Gato* abrió los ojos.

—¿Qué pasa? ¿Dónde está ella?

—¿Qué *ella?* —preguntaron los dos chicos. Tonico se levantó, fue hasta la puerta de la habitación, miró por el pasillo, fue hasta el salón y volvió.

—¡Es muy raro! Ella estaba allí, hablando conmigo...

—¿Pero quién es ella? —insistió Román.

—La mujer... Llamó a la puerta, yo le abrí y ella me preguntó: «¿Eres tú Tonico?» Le dije que sí y se rió, y me dijo que ya lo sabía y que mi mote era el *Gato,* y me preguntó si me daba miedo ir allí...

—¿Adónde? —preguntó Zé.

Tonico prosiguió:

—Yo le dije que no me daba miedo. Entonces ella me dijo: «Tonico, yo soy quien te ha inventado.» Me pareció eso muy raro y le respondí que yo había sido siempre yo, y que siempre me había llamado

Tonico. Ella se rió de nuevo y me dijo que, si tenía miedo, todavía estábamos a tiempo y me mandaría a la granja. Yo le dije que no, y que yo quería ayudar a la banda a ganar la revolución. Y cuando iba yo a preguntarle su nombre...

—¡Ya vale, *Gato!* ¡Siempre soñando! El otro día hablabas de que un viejo te había contado la historia de no sé qué dragón, y ahora dices que una mujer te ha inventado...

Tonico sabe muchas historias —dijo Zé con aire muy serio.

—Vamos, *Gato;* Bulldózer está esperando...

—Ocúpate de Zé, Román. Y si viene mi padre, ¿qué vais a decirle?

—Ya veremos, Tonico; todo saldrá bien, ya lo verás —afirmó Bulldózer, que caminaba a su lado por la calle.

Sacó un pequeño mapa del bolsillo, un mapa dibujado a mano, y le dijo que le acompañaría durante parte del camino. Le enseñó el mapa, en el que se veía la barricada de arriba, y en dónde comenzaba la *tierra de nadie,* que debería atravesar. Entraría en una casa que tenía una salida, por atrás, a la calle de la Gloria. A partir de ahí, iría solo. Tonico miró atentamente el mapa, repitió los nombres de las calles por las que tenía que pasar, se equivocó, volvió a comenzar. Quiso llevarse el mapa, pero Bulldózer le dijo que no podían correr riesgos: había patrullas por las calles y tenía que evitar toparse con ellas.

Tonico había grabado ya el mapa en su memoria.

—Cuando tengas las informaciones que necesitamos, desaparece —aconsejó Román. Y añadió—: Por eso eres el *Gato*.

CAMINARON durante un rato y llegaron juntos a la casa número 80 de la calle Calixto Chagas. Hacia el final de la calle se divisaba la barricada de arriba.

No había nadie a la puerta de la casa. Entraron y se dirigieron a un patinillo. Román apartó la reja de un ventanuco que había a ras del suelo.

—Sólo está apoyada —dijo a Tonico—. Cuando regreses, basta con que la empujes, y se caerá. Bueno, a partir de ahora vas a ir solo. Vuelve en cuanto puedas —añadió el *comandante* dándole una palmadita amistosa a su compañero. Los otros le imitaron y le desearon buena suerte.

EL *Gato* se coló por el ventanuco y salió a la calle de la Gloria. Echó a andar. No se veía la barricada.

«Es curioso —pensó Tonico—. Entra uno por una puerta y sale a otra ciudad. ¡Qué desierto! Es la *Tierra de nadie.*» Román había dicho: «Pasarás por la *Tierra de nadie...*»

El sol iluminaba los tejados y las ventanas de las casas más altas que daban al este. Los cristales brillaban como espejos. Ahora, Tonico no estaba llevando ningún recado a ningún cliente. Esta vez iba en busca de algo muy importante. Farina se lo había dicho: «Es como cuando faltan jugadores en el equipo de fútbol y uno tiene que defender, y atacar, y regatear, y correr al otro extremo del campo. Ahora tú eres un equipo entero, nuestro equipo de Repique...»

«La banda de Repique contra los legalistas», había añadido Bulldózer. «Contra el dragón», pensó Tonico.

No había nadie en la calle *Tierra de nadie...* ¿Existirá gente que se llame «Nadie»? Tonico caminaba. ¡Qué silencio!

¡Ah! Ahora se acordaba: una vez había ido a esa casa de ahí, ésa que estaba al otro lado de la calle. La madre de Dasdo era lavandera y le había pedido que llevase un paquete de ropa limpia al segundo piso. Le había abierto la puerta una niña con gafitas, que llamó a su madre. Esta le había preguntado que cuánto era, pero Tonico no lo sabía: la nota iba dentro del paquete. La señora le pagó y él no lo comprobó. Cuando llegó a casa de la lavandera, faltaba dinero. Tonico tuvo que volver al día siguiente. La niña dijo que él lo había robado. De nada valió que Tonico dijese que no. Regresó y se lo contó a la madre de Dasdo, que le respondió: «Es igual, déjalo. Esa gente es así; siempre se aprovecha. Son ricos pero no valen nada.» Tonico continuó su marcha. Se hallaba al final de la calle de la Gloria. Giró a la derecha y cogió la calle de San Joaquín.

Chutó una caja de cerillas vacía y corrió detrás. Chutó de nuevo, corrió y chutó, corrió y chutó, corrió y chutó... Tiró por la calle de las Acacias.

No había nadie. *Tierra de nadie...* ¿Quién se llama *Nadie?* ¡Nadie! ¡Nadie! ¡Nadie!...

¡Alguien! Se halló cara a cara frente a un hombre, y tuvo justo el tiempo para no tropezarse con él. De forma muy extraña, aquel hombre pasó como si no le hubiese visto. Tonico dio media vuelta y se quedó mirándole.

El hombre marchaba de prisa. Ahora, volvía. Pasó de nuevo al lado de Tonico sin prestarle atención. El chico se quedó mirándole. El hombre pasaba la mano por las verjas, tocaba cada barrote de hierro, parecía como si los contase, y si no había verja tocaba el muro... Iba de prisa, de prisa. Llegaba hasta el extremo y volvía. De una punta a otra, contaba las verjas, barrote a barrote.

Tonico estaba intrigado; se puso a caminar detrás de aquel hombre. Descalzo, camisa sucia, pantalón sucio y remendado. Era delgado, alto, y llevaba el pelo gris y largo flotándole al viento, agitado por él mismo en su carrera. «¡Está loco!» Tonico tenía ganas de reírse, pero no podía. Asombro y pena de ese hombre, todo a la vez. El loco volvía. El *Gato* cruzó la calle y le miró ir y venir varias veces. «¿Se pasará la vida así? ¿Dónde vivirá? Esta es la tierra de nadie... ¡Ah! ¡Ya sé! ¡Este señor es *«Nadie»!* ¡Está loco, el pobre!...»

Tonico se marchó. Contaba las verjas de los jardines, barrote tras barrote, uno a uno, pero no podía contar tan aprisa como el loco *Nadie.* De pronto se dio cuenta de que se hallaba frente a la verja de un jardín que tenía un estanque en medio.

Se detuvo para mirar. Retrocedió un poco para ver mejor. Un chorro de agua salía de la boca de una gran rana, describía un semicírculo en el aire y caía en el estanque. A su lado había unos macizos de plantas y, detrás de una acacia florecida, el oro caía al agua y se convertía en flor.

«¿Habrá peces?» Tonico miró. La casa estaba cerrada. En la puerta, una placa de metal con letras negras: *Dr. Félix de Souza, Médico.* Tonico llamó al timbre, intentó abrir. Cerrada con llave. Trepó por la cancela y se dirigió hacia el estanque. Había peces, tres peces, rojos, uno de ellos con manchas blancas. «No hay nadie que les dé de comer, se van a morir de hambre.» Permaneció en cuclillas mirando cómo nadaban los peces describiendo círculos. El pez de manchas blancas se detuvo delante de Tonico y se puso a abrir y cerrar la boca, con la cabeza medio fuera del agua. «Me está pidiendo comida.»

Tonico se metió la mano en el bolsillo. Tenía un trozo de pan y echó unas migas al agua. El pez de las manchas comía con voracidad. Los otros dos vinieron y arremetieron contra las migas. Luego, los tres se pusieron a abrir y cerrar la boca. Tonico echó otras migas, que al instante fueron devoradas. Los dos peces rojos se alejaron y se ocultaron detrás de una piedra. El manchado siguió abriendo y cerrando la boca, pidiendo más. «¡Ya basta! ¡Entiendes, glotón?» En ese momento el pez dio un saltito por encima del agua. «¿Habrá entendido lo que le he dicho?» «¿Si te doy más vas a reventar, idiota!»

El pez dio media vuelta y mordisqueó algo en las

raíces de una planta acuática. «¡Ah! Está comiendo brotes de las plantas de agua.»

Tonico regresó a la verja y llamó al timbre varias veces. «Está vacía.» Dio la vuelta a la casa y llegó al patio. Había una puerta blanca. Llamó. Nadie respondió. Giró el picaporte. Cerrada con llave. Oyó sonar el teléfono en el interior, pero nadie lo cogió. «Esta es la casa que necesito.» Fue al garaje, levantó la puerta y entró. Vio unos juguetes amontonados en una estantería. Se subió a un taburete y cogió los juguetes. Casi todos rotos: un cuerpo de muñeca sin cabeza, un balón pinchado, la cabeza de otra muñeca. Quiso ajustarla al cuerpo, pero no encajaba. Continuó: un conejo sin ojos y con una sola oreja, piezas de madera, un cubo... ¡Conchas! Las cogió, se sentó en el suelo. «Conchas de mar... Yo nunca he visto el mar... Un día tengo que ver el mar...» Metió de nuevo las conchas en el cubo. Descubrió un tambor. Le dio con los dedos. Sonaba. «¿Dónde estarán los palillos? Buscando los palillos, encontró un manojo de llaves oxidadas. Dejó todo, cogió las llaves y corrió hacia la puerta de la cocina. Unas llaves no entraban en la cerradura. Otras entraban pero no giraban...

De pronto, ¡crac! La puerta que se abre.

El corazón de Tonico iba al galope. Tenía miedo... aunque no era exactamente miedo; era diferente. ¿Y si viniese alguien? El nunca había hecho algo semejante. Pensarían que era un ladrón. Cerró de prisa la puerta. Iba a dejar las llaves en su sitio. «¡No podemos fracasar!», oía la voz de Farina. Abrió la puerta y entró. Penumbra y olor a casa cerrada. Ahora estaba en el comedor. Abrió una puerta de cristales: otra sala. De allí pasó a un despacho. «¡Qué de libros!» De nuevo estaba en el vestíbulo. «Tengo que conocer la casa.» Subió las escaleras. «Si me preguntan, tengo que saber responder.» Abrió una puerta: una habitación grande que daba al jardín. Miró a través de las persianas y vio el estanque. En la habitación había vestidos desparramados, la cama sin hacer, zapatos por el suelo. «Se marcharon con prisas.» Abrió una puerta. Entró en otra habitación, abrió el armario. «Es el dormitorio del hijo del doctor Souza.» Se puso una chaqueta azul marino. «¿Cómo se llamará el niño éste? Es de mi talla, un poquito más gordo...»

Tonico se puso el vestido del chico desconocido. «Te presentarás como un niño rico...» había dicho Román. Plegó su ropa, pero no sabía dónde guardarla. «Voy a dejarla en el garaje.» Levantó la tapa de un escritorio y cogió un cuaderno. «Carlos, se llama Carlos de Souza... Ese va a ser mi nombre... Primer año de Liceo... Va más atrasado que yo; da igual, tendré que echar marcha atrás... Primer año, Colegio San Antonio... Calle Gonzalo Alves... Carlos de Souza, ahora me llamo Carlos de Souza.»

Al lado de la cama había un par de zapatos negros. Tonico miró su calzado, marrón, agujereado. «Un niño rico no lleva unos zapatos como los míos. Voy a cambiarme.» Se puso los calcetines y los zapatos negros. «Ya volveré después y dejaré todo en su sitio.»

Cogió un lápiz, arrancó una hoja del cuaderno y escribió:

«He cogido prestados el traje y los zapatos negros. Los devolveré luego.» Y firmó: «Tonico».

Dejó el papel encima de la cama y salió. Estaba muy contento. Cerró con llave la puerta de la cocina, fue al garaje, se subió en el taburete y dejó la llave y los juguetes en la estantería en donde los había encontrado. Cuando llegaba a la cancela, se detuvo. Reflexionó y regresó corriendo. Volvió a coger las llaves corriendo, abrió la puerta corriendo, subió las escaleras corriendo, cogió corriendo el papel que estaba sobre la cama y sus vestidos y zapatos que había dejado sobre una silla, y salió corriendo.

«Si vuelven y encuentran el papel y mi ropa, todo está perdido. ¡Menos mal que me he dado cuenta a tiempo!»

Otra vez estaba en la calle. Ahora caminaba rápidamente. De cuando en cuando se miraba sus zapatos negros. «¡Qué bonitos! ¡Casi nuevos!» Al llegar a la calle del cementerio experimentó una sensación extraña. Todo estaba desierto. Hasta entonces no se había encontrado con ninguna patrulla. «¿Y si se me apareciese un fantasma en esta calle?» Echó a correr como un loco, casi tiró a una persona que venía en sentido contrario. Ni siquiera oyó las palabras que dijo en voz alta la mujer, la cual siguió hablando sola. Cuando perdió de vista la tapia del cementerio, se sentó en el bordillo de la acera y se quitó los zapatos. Le dolían los pies; movió los dedos, se rascó el dedo gordo y se puso de nuevo los zapatos. Siguió andando. Llegó a la Avenida de las Naciones.

Pasó bajo el viaducto y continuó. Casi al final, antes de empezar la Avenida de las Palmeras, empezó a oír unos chasquidos secos, lejanos. Se detuvo y escuchó: «Son disparos —dijo extraño—. ¡Están disparando! ¡Es la revolución!»

Se sentó en el bordillo para descansar un poco y para pensar en lo que iba a hacer. Estaba junto a la esquina de una calle. Veía el rótulo de la calle que cruzaba la Avenida, pero no prestaba atención a ella. De pronto cayó en la cuenta: ¡calle Gonzalo Alves! «Es la calle del colegio de Carlos, mi colegio. Yo me llamo Carlos de Souza.» Se metió por la calle y vio un gran edificio: *Colegio San Antonio.* Todo iba saliendo bien. Román había dicho: «Todo saldrá bien.» Era casi mediodía, tenía hambre y sed. El sol pegaba fuerte, pero había que continuar.

Ahora estaba en la Avenida de las Palmeras. «Ya estoy llegando.» Se detenía en cada esquina, leía el nombre de la calle y seguía. Leyó: *Calle Vanderlei.* Aquí era. Al final de esa calle empezaba la subida al *Morro del Inglés.* «Yo creía que estaba más lejos.» Tonico estaba tan sorprendido de haber llegado ya, que volvió sobre sus pasos y se sentó apoyándose contra la tapia de una casa, a la sombra de un árbol.

Los disparos resonaban con toda claridad. Apoyó su mano sobre la acera y sintió un objeto frío, pequeño, duro, bajo su mano. ¡Una bala! Miró a su alrededor. El suelo estaba cubierto de balas. En los muros, impactos de balas. Balas por todas partes. «El *Gato* es capaz de pasar entre las balas sin que le ocurra nada», había dicho Román. Se levantó y empezó a recoger las balas que estaban por el suelo. Llenó sus bolsillos de balas. De pronto, *fiumm...* y, en seguida, un chasquido seco... *tac...* Se echó cuerpo a tierra e hizo como en la barricada; llegó arrastrándose hasta un poste. «¿Qué debo hacer? ¿Esperar aquí? Bulldózer dijo que era mejor que ellos me encontrasen a mí...»

Y se sentó, tranquilo, sin decir nada, dispuesto a esperar.

Fiumm..., tac... Se puso a contar. Un *fiumm..., tac.* Dos *fiumm..., tac.* Tres *fiumm..., tac.* Contó hasta diez.

12

QUE haces ahí, hijo mío? ¡Arriba!

Tonico abrió los ojos, despertándose sobresaltado. Vio las botas que le daban suavemente en las piernas para que se levantase. Vio tres pares de botas, y los fusiles al lado de las botas.

«¡Son ellos!»

—¡Arriba! ¿Qué haces aquí?

El soldado se agachaba un poco y le zarandeaba cogiéndole por el brazo.

—Yo... —balbuceó Tonico—, yo... estoy buscando a mi perro.

—¡Vuelve a tu casa, hijo! Aquí hay mucho peligro, hay balas, vete a tu casa. ¿Dónde vives?

Tonico se frotó los ojos.

—No sé..., estaba buscando... pero no encuentro mi casa... No sé, no la encuentro, me he perdido...

—¡Otro niño más perdido! ¡Me voy a volver loco! —exclamó furioso el soldado.

No era un soldado, era un oficial, tenía un galón en la manga. Delgado, moreno, alto, ojos verdes en el fondo de las órbitas. Los otros dos se echaron a reír. Era una risita seca: «Je, je, je.»

—También yo estoy ya hasta aquí...

El soldado que estaba junto al oficial se puso la mano encima del casco de acero para indicar lo harto que estaba.

Tonico no sabía de qué estaba harto, pero el oficial comprendió y le ordenó: —¡Cállate! —luego se dirigió a Tonico—: No puedes quedarte aquí. ¡Vete!

—No sé adónde ir..., tengo hambre..., no encuentro mi casa, no sé adónde ir...

—¿Y tus padres? —preguntó el oficial.

—Se han marchado —contestó Tonico.

—¿Que se han marchado y te han dejado aquí solo? ¿Cómo puede ser eso? —se dirigió a los soldados y dijo—: Vamos a llevarlo; aquí no puede quedarse... ¡Los fusilaba yo a los padres de estos niños!...

Pronunció estas palabras entre dientes y concluyó:

—¡Más de treinta niños abandonados en unos días!

Tonico se frotó los ojos de nuevo. Estaba horrorizado por lo que acababa de oír.

—¡Vámonos! —ordenó el oficial.

Y empezó a caminar delante; Tonico iba detrás, entre los dos soldados. Iba casi corriendo para poder seguir el paso de los soldados. No cogieron la cuesta que llevaba hasta la cima del *Morro del Inglés*. Tiraron por la calle de al lado y después por una callejuela que desembocaba en una placita redonda. Bajaron unos escalones en dirección a un jardín con árboles, con césped y una piscina. En el centro se alzaba una casa grande con cristaleras. Para construir la casa habían cortado a pico en el *Morro*, y en su base había un gran muro de piedra. La recubrían cascadas de hojas: las hojas se movían con el viento y daban la impresión de ser como un río muy verde.

En la entrada había un centinela armado, y otros estaban apostados alrededor de la casa. Entraron en un corredor. El oficial ordenó a Tonico que se sentase en un banco que había contra la pared y desapareció por una puerta, a la izquierda. Volvió al cabo de unos minutos, le repitió a Tonico que aguardase y se marchó.

No bien había salido el oficial por un lado, cuando por el otro entró un soldadito, que se plantó delante de la puerta, apoyando el fusil en el suelo. Era muy joven, casi un niño; no tendría más de trece años. No apartaba su mirada de Tonico.

Se oyeron unos ruidos: ta, ta, ta, chasquidos secos, apagados por unos como truenos: ¡pum!..., ¡pum!..., ¡pum!...

—¿Qué es ese ruido? —preguntó Tonico al soldadito.

—Balas, metralletas, bombas... Otra vez ha empezado el combate —respondió el soldadito—. ¿Cómo te llamas?

—Carlos. Carlos de Souza. ¿Y tú?

—Pedro. Mi padre es el general Matos, el comandante en jefe de las tropas legalistas.

—¿Tú también eres general?

—Todavía no —respondió el soldadito dándose mucha importancia—, pero lo seré. En mi familia todo el mundo es general.

—¿Tú tiras tiros de verdad? —preguntó Tonico.

—Claro —respondió el soldadito— pero aquí no; mi padre no me deja. Yo querría irme al frente a disparar contra los rebeldes, pero mi padre no me deja.

—¿Dónde están los rebeldes?

—Por ese lado de ahí... Su general era antes amigo de mi padre. Ya no... Ahora están el uno contra el otro.

—¿Y van a matarse?

—No —respondió el soldadito—. Un general no muere nunca en la guerra, solamente mueren los soldados; y cuando los rebeldes hayan perdido, mi padre los mandará fusilar a todos.

—¿Cómo? —preguntó Tonico—. ¿Pero el general de los rebeldes no era amigo de tu padre?

—Sí, pero ya no. Si el Gobierno ordena fusilar, mi padre fusila —miró a Tonico con un aire de superioridad y añadió—: ¡Así son las cosas!

—Pues yo nunca seré soldado —dijo Tonico—. Yo no soy partidario de que maten a nadie. También mi padre...

—¿Qué es tu padre?

—Médico —respondió Tonico sin dudarlo.

—¡Ya me parecía a mí! Un general es más importante que un médico —comentó Pedro con su aire de superioridad.

—¿Por qué?

—Porque un general es el que manda en la guerra. En cambio el médico viene después, para curar a los heridos. Por eso un general es más importante que un médico.

—Pues yo no lo veo así. No entiendo por qué disparan contra los hombres, para curarlos después —dijo Tonico—. Es más fácil disparar que curar. ¿No te parece?

El soldadito se rió:

—¡Así hablan las mujeres!

Tonico no respondió. Se sacó del bolsillo unas canicas de cristal y se puso a jugar. Lanzó la canica azul, la más pequeña, contra la mayor, que tenía una vetas blancas. Corrió luego y cogió la azul; se volvió y, ¡plac!, le pegó a la otra, la más gorda, la de las vetas blancas, y luego a la verde. Las canicas de cristal saltaron y rodaron por el suelo. Tonico se arrastró de rodillas, rápidamente, y, ¡plac!, otro golpe. Ahora tiraba desde más lejos, ¡plac!, ¡plac!...

El soldadito abría unos ojos como platos... De pronto ya no pudo más; dejó en el suelo su fusil y se acercó a Tonico.

—¿Jugamos?

Tonico no respondió. El soldadito insistió. Tonico se levantó y le dio la canica azul.

—Bueno, juega.

—¿No tienes más canicas?

Tonico no tenía más, pero podían jugar con tres canicas. Establecieron las reglas del juego y comenzaron una partida a quinientos puntos. Pero el pasillo era estrecho y se pasaron al salón de al lado. La alfombra molestaba. Pedro corrió el sofá y los sillones, y empujó la alfombra hacia un lado. A medida que jugaban iban alineando los muebles contra la pared, y la alfombra acabó hecha un ovillo en un rincón.

De pronto, Tonico se levantó y dijo furioso:

—¡Ya no juego más; estás haciendo trampas!

Pedro respondió que no hacía trampas. Tonico insistió, explicó cómo se había desarrollado la partida precedente y las dos anteriores, quiso demostrarlo, pero Pedro no daba su brazo a torcer. Discutían a gritos cuando entró el general:

—¿Qué pasa, Pedro? ¿Quién es este chico?

El soldadito se levantó y se puso firme. Estaba colorado a causa de la discusión. El general tenía un aspecto severo:

—¡Soldado Pedro Matos! ¡Ha abandonado usted su puesto y ha dejado el fusil en el suelo!

Pedro se puso otra vez firme dando un taconazo.

¡Mi general, estaba ejercitándome en la estrategia militar!

Los labios del general se movieron ligeramente. Tonico tuvo la impresión de que el militar iba a sonreír, pero en seguida vio que estaba enfadado.

—¿Quién es este niño? —preguntó por segunda vez.

—Lo ha traído una patrulla. Se llama Carlos de Souza.

—¿Y qué has hecho tú para que te traigan?

—Yo estaba buscando a mi perro... —comenzó a decir Tonico un poco acobardado.

—Vuelve a tu casa —ordenó el general—. Mandaré que te acompañen.

—No puedo ir —respondió Tonico—, no encuentro mi casa...

—¿Y tus padres?

—Se han marchado... Yo me fui con ellos..., luego me volví para buscar a mi perro...

—Mi general, propongo que Carlos permanezca bajo nuestra custodia hasta que se encuentre a su familia —interrumpió el soldadito.

—¿Cómo se llama tu padre?

—Doctor Félix de Souza —respondió.

—Bueno, buscaremos a tu padre. Mientras, no salgas de aquí. Es peligroso andar por la calle —miró a su hijo, vio que la compañía del chico le distraía y añadió—: Naturalmente, quedas bajo las órdenes de mi segundo ayudante de campo, el soldado Pedro... —el soldadito dio otro taconazo y se puso firme por tercera vez. El general concluyó:

—¡Pero sin discusiones ni peleas!

Iba ya a marcharse, se paró en la puerta, se volvió y ordenó:

—¡Poned de nuevo las cosas en su sitio!

Y salió. Una vez solo, la sonrisa reprimida afloró a sus labios.

Era un hombre duro, pero adoraba a su hijo único. A todas partes lo llevaba consigo. «Es mi segundo ayudante de campo», decía. Soñaba para su hijo las mayores glorias militares y los más altos puestos de la nación. Pedro iba a ingresar en la Escuela Militar, pero antes lo había llevado para que viese de cerca la revolución. «A lo mejor —le había dicho a su hijo—, en toda tu vida no tienes otra ocasión.»

—Habías hecho trampa —insistió Tonico después que se hubo marchado el general—. Me da igual perder, es igual que ganes tú, ¡pero sin hacer trampas!

—¡Yo no hago trampas! ¡Yo juego mejor que tú!

—Tú no sabes ni tirar la canica con el pulgar. Se diría que no has jugado nunca. Ganar con trampas no tiene mérito. ¡No quiero jugar más!...

Tonico cogió sus bolas, se las guardó en el bolsillo... Estaba enfadado. Le dio la espalda a Pedro y fue a sentarse en el banco del pasillo. El soldadito le siguió. Estaba furioso contra Tonico. Dijo:

—Si me da la gana, te pego un tiro.

—Si lo haces, te llevarán a la cárcel.

—Pues diré que querías escaparte.

—Las balas no me dan... —respondió Tonico mirando a Pedro con el mayor desprecio del mundo. Añadió—: Si me disparas, nunca serás general.

Pedro bajó los ojos. No podía resistir la mirada de Tonico; mejor dicho, de Carlos. El soldadito no tenía remordimiento de conciencia por haber hecho trampas con las canicas. Estaba acostumbrado a ser el primero en todo, no podía perder. No tenía amigos, no estaba habituado a competir con otros niños en pie de igualdad. Quería humillar a Tonico. Se acercó a él y le dijo casi al oído:

—Seguro que tu padre y tú apoyáis a esos bandidos de revolucionarios...

No acabó la frase. Tonico saltó y le dio un puñetazo en la barbilla.

—Vamos a pelearnos —dijo—. De igual a igual...

Pedro respondió pero su puño le dio al aire. Tonico parecía una pelota de goma. Era más pequeño que Pedro, menos fuerte, pero más ágil. Ahora se peleaban en silencio. Pedro era más fuerte, más alto, más musculoso. Se diría un tanque persiguiendo a un gato. No lograba atrapar a Tonico. Como lo agarrase, era capaz de matarlo. Tonico lo sabía y lo esquivaba.

—Como te agarre... —decía Pedro.

Ahora estaban en el salón. Tonico corrió a ponerse detrás de la mesa, se quitó rápidamente los zapatos y los tiró por el suelo. Pedro se acercaba. Tonico corrió hacia la puerta. Había una llave en el exterior. Giró rápidamente la llave sin pensar lo que hacía.

Pedro dijo:

—¡Abrela! Abrela y te mato, y te estrangulo. ¡Bandido!

Ahora ya no estaba enfadado Tonico. Empezaba a tener un poco de miedo del soldadito Pedro, que le amenazaba, que tenía un fusil, que era el hijo del general.

«¡No debes hablar!»... ¿Cómo habría podido olvidarlo? Había estropeado todo. En vez de hacerse un amigo, se había creado un enemigo.

—¡Abrela! —dijo Pedro. Lo decía sin gritar para que el general no le oyese, pero seguía ordenando—: ¡Abrela!

—Ya voy —respondió Tonico—. Pero tienes que prometerme que no me vas a pegar... Eres más fuerte que yo... Fuiste tú quien me provocó...

—¡Abre!

—Antes prométemelo...

—¡Que abras!

Tonico no sabía qué hacer. Ahora sí que tenía miedo. No era peleón. Sólo se peleaba cuando estaba furioso. Ahora ya no estaba furioso. Tenía miedo, estaba seguro de que iba a recibir una paliza. No abriría la puerta y se iría. Pero si se iba, perdía toda su dignidad.

«¡No podemos perder!»

—¡Abrela!

Tonico se sentó delante de la puerta.

—Pero prométeme que...

Pedro daba golpes en la puerta y no hacía más que repetir:

—¡Abrela, ábrela, ábrela!...

Tonico se levantó y corrió hacia la puerta del despacho del general.

Iba a ver si estaba allí y, si fuese necesario, buscaría refugio en él. Abrió despacito la puerta y miró. El viejo general le daba la espalda, sentado en el borde de una gran mesa. Estaba hablando por teléfono. Estaba solo, pero a través de los cristales se veía la silueta de un centinela en el jardín.

«... Ya tenemos hombres en la plaza —decía el general—. Sí, Excelencia... La fábrica de municiones estallará de un momento a otro... Sí, Excelencia, una de nuestra patrullas... Sí, en el cambio de turno... esta noche, sí... ¡Ah no, no; eso es otra cosa! Antes, no... ¡El doce! Imposible. Un ataque no se prepara en un instante. Entraremos por Encrucijada, y una vez allí cogeremos la carretera del sur... Sí, para transportar las tropas. Iremos directamente. Mantendremos ese frente, lucharemos como hasta ahora; la misma táctica sobre varios frentes simultáneos. ¡Sí!...»

Tonico cerró la puerta sin hacer ruido. Ya sabía todo lo que quería saber. Ya podía irse. Podía huir. Pero había centinelas por todas partes; en cada puerta, un centinela. ¿Por dónde salir? Abrió una puerta. Era un armario empotrado. Abrió otra, pero la cerró precipitadamente: una sala llena de gente. Abrió una tercera puerta. En ese momento no había nadie, pero era evidente que alguien trabajaba allí, pues había muchos papeles encima de la mesa. Tonico se acercó. ¡Un mapa! Diez mapas iguales, unos sobre otros. Miró y sólo vio la palabra «Encrucijada». Cogió un mapa y se lo metió entre el pantalón y la camisa. Luego corrió hacia la ventana. Empezaba a anochecer. Delante de la ventana no había ningún soldado. Levantó el ventanillo, cogió un libro de encima de la mesa y calzó la ventana. No podía pasar. Fue a buscar un libro más grande.

Ahora sí. Pasó por la abertura, retiró el libro y bajó el ventanillo. Sintió la hierba fresca bajo sus pies: estaba en el jardín. Se ocultó detrás de un macizo de flores y esperó. Sólo se oía el ruido de las ametralladoras y las bombas. El combate tenía lugar al otro lado del *Morro.* Algunas balas pasaban por encima de la casa e iban a caer lejos, en la Avenida. Ya casi era de noche. Tenía que llegar a la escalinata. Tonico empezó a arrastrarse, como hacían en los ejercicios de la barricada. Comenzó a subir la escalinata. Estaba hacia la mitad cuando oyó un ruido de botas que bajaban. Dio un salto de lado, hacia la barandilla de hierro; para no caerse tuvo que agarrarse a un arbusto. Los pasos se perdieron en el jardín.

«¡Menos mal! ¡Era una patrulla!»

Ya estaba en la placita circular, pero había que evitar a unos centinelas que estaban en la esquina.

Saltó la verja del jardín de la casa que tenía enfrente, dio la vuelta a la casa y salió al huerto. Saltó la tapia y se encontró en el huerto de la casa vecina. Salió por la parte delantera. Ahora estaba en la calle Vanderlei. Cruzó la calle y caminó pegado a la pared para evitar las balas perdidas. De cuando en cuando se oía *fiumm...*, *¡tac!*

«El *Gato* es capaz de pasar por entre las balas sin que le hagan nada...» Ya estaba al extremo de la Avenida de las Palmeras. Echó a correr y no se detuvo hasta llegar a la calle Gonzalo Alves. Estaba sin respiración y sentía una punzada en el costado. «Es de tanto correr.» Se apretó el costado con las manos y oyó un ruidito de papel arrugado. ¡El mapa! «Todo saldrá bien», había dicho Román. Todo iba saliendo bien. Respiró a fondo. De nuevo empezó a correr. Tenía miedo de encontrarse con una patrulla; siempre iba pegado a las paredes. Corría y se paraba un poco para escuchar.

Lo peor fue cuando llegó a la calle del Cementerio. «Por la noche, claro que hay fantasmas.» Una vez le había oído decir eso a Juan, el carpintero, pero su padre había dicho que no era verdad, que los fantasmas no existían. Tonico se paró en la esquina. «Si voy corriendo no me pasará nada.» Hizo una cruz con dos dedos de cada mano para conjurar el maleficio y corrió de un tirón hasta el final de la calle. Ahora ya estaba en la calle de las Acacias.

Oyó un ruido de pasos. Ya estaba oscuro. Alargó la mano y tropezó con una tapia. Retrocedió. No veía nada. Con su mano tocaba una verja de hierro. Trepó por ella y cayó al otro lado. ¿Una patrulla? El ruido de los pasos se alejaba. Tonico saltó a la calle y empezó a correr, a correr...

De repente vio, a la luz de la luna, que acababa de salir, la casa del doctor Félix de Souza.

«¡Los zapatos!» ¡Había olvidado los zapatos de Carlos en el salón! ¿Y su ropa? Pero ahora no podía detenerse, ya vendría en otro momento. ¡Pero los zapatos!...

«El *Gato* puede correr mucho sin cansarse.» Eso no era verdad. Estaba fatigado, muy fatigado cuando llegó a casa de Román. Pálido, amarillo, hambriento, sediento, con punzadas en el costado de tanto correr. No se podía tener en pie. Román hizo que se echase en su cama, le ofreció de comer y beber, pero Tonico no podía comer. Bebió un vaso de leche.

—Ahora, duerme —dijo Román.

—¡No! ¡No sabes! Hay que avisar en seguida... He oído la conversación del general con un tal Excelencia...

TONICO contó el sabotaje que habían preparado para hacer volar la fábrica de municiones. Y que el ataque se había fijado para el doce, y que empezaría por Encrucijada. Y entregó el mapa.

—... Mañana os cuento lo demás... —se quedó dormido como un tronco.

Román salió corriendo... Pasó por casa de Relé:

—¿Está tu padre?

No estaba. Los dos chicos fueron a la barricada de arriba para hablar con el sargento Felipe.

13

ARMANDO llegó aquella misma noche, un poco antes de que Tonico regresase de su misión. Fue directamente a su casa. La puerta, cerrada; todo, oscuro. ¿Dónde estaría Tonico? ¿Y Zé? Entró en la cocina. Era evidente que los chicos habían vivido en la casa: migas de pan en la mesa, comida en el plato de *Gasolina*, tazas y platos en el fregadero. «Se ve que han vivido aquí. ¿Vendrán a dormir?»

El padre de Tonico salió y fue hasta la plaza. Miró en la barricada. Allí no había nadie. Fue al bar para ver si estaba Yoca, pero tampoco. Tomó un bocadillo y se fue a buscar a Juan, el carpintero. Este ya había cenado y se disponía a acostarse. Su mujer estaba en camisón, pero se echó una bata por encima y fue a hacer un poco de café para el amigo de su marido. Armando preguntó dónde estaba Tonico.

—Se volvió esta mañana a la granja. Yo le di el dinero para los billetes, el suyo y el de Zé...

Armando empezó a quejarse de su hijo, pero Juan le respondió:

—Tonico es un buen muchacho, usted no entiende a su hijo. Es un chico muy independiente, está trabajando, está él solo para hacer los encargos, es joven pero tiene experiencia. Tonico no es como la mayoría de los niños. Usted es quien lo ha educado así.

—Como no tiene madre...

—¡Claro!... y usted quiere que sea sumiso como la mayor parte de los niños. No es posible. Tonico vino a pedirme trabajo, yo me enfadé con él y le dije que no se lo daba, que se volviese a la granja.

—¿Y qué hizo?

—No dijo nada; se marchó enfadado. Esta mañana vino Zé a pedirme dinero para los billetes del tren. Y se lo di. Ya deben de haber llegado a la granja.

—Perdóneme, Juan, y gracias. Le devolveré el dinero de sus billetes... Esperaré a mañana para hablar con los chicos de la banda... Buenas noches.

Armando regresó a su casa, tranquilizado.

AL DIA siguiente, Tonico tenía fiebre. La madre de Román dijo que habría que llamar a un médico..., pero no tenían dinero para pagar la visita. Doña Piedad se lamentaba:

—Con los pobres, ya se sabe. Si uno está malo, al hospital. Y allí, a esperar horas y horas hasta que te atiendan. Yo fui una vez pero no vuelvo más...

En ese momento llegó Relé y oyó las últimas palabras de la madre de Román.

—Yo conozco a un médico que vendría sin cobrar nada —dijo el chico—. Es un amigo de mi padre y está a favor de la revolución. Voy a hablarle.

Román cogió a Relé aparte:

—No le digas nada a nadie, di solamente que el *enlace* está enfermo.

Relé sabía que Tonico había ido en misión secreta, que había salido por la mañana muy temprano y que había regresado por la noche ya muy tarde. Había acompañado a Román para hablar con su padre, el sargento. Pero ignoraba la información que había traído Tonico. El sargento Felipe había recomendado el mayor secreto:

—Voy inmediatamente a ver al general Faria. Estáis locos... ¡Mira que haber enviado a un niño!... Escucha, Román, esto tiene que quedar entre nosotros tres: Tonico, tú y yo. Y nadie más.

—¿Ni siquiera los *comandantes?*

Cuando Román le entregó el mapa, la satisfacción del sargento no conoció límites.

—¡Sois fantásticos! ¡Vaya banda! Este mapa es una prueba de que la información es exacta. Ahora sí que va a creernos el general; mira el sello oficial de los legalistas.

Relé reventaba de curiosidad. Cuando, la víspera, se había acercado para oír lo que decía Román, su padre le había ordenado que aguardase en la esquina de la calle. «No tiene confianza en mí. Mi padre tiene más confianza en los otros que en mí.» La había dicho esto a Román pero éste le había explicado: «No es falta de confianza. Simplemente es cuestión de principios. Así tiene que ser y no de otra manera. Es un SECRETO DE ESTADO.»

¡Secreto de Estado! Esa era una fórmula mágica. En cuanto se la pronunciaba, todo el mundo se callaba, la curiosidad y los comentarios se acababan.

EL MEDICO vino a ver a Tonico. La fiebre se debía a una fuerte emoción; seguramente el chico habría jugado mucho al fútbol la víspera y se habría cansado demasiado. Prescribió reposo y buena alimentación, mucha leche y azúcar. Le dijo a Relé que le acompañase, que le iba a dar una medicina que Tonico debería tomar tres veces al día hasta acabar el frasco.

Relé acompañó al médico. Al volver se encontró con Armando, que iba también hacia la casa de Román. Había visto a Yoca en el bar, y éste le había dado la dirección del *comandante*.

—¿Dónde está Tonico? —preguntó Armando.

Relé se atragantó, no sabía qué responder. Estaba pensando: «Secreto de Estado, Secreto de Estado...», y a punto incluso estuvo de decirlo. Armando insistía, quería saber dónde estaba su hijo.

—¡Tú lo sabes! ¡Dime dónde está! ¿Le ha pasado algo? ¡Habla!

—Es mejor que hable usted con Román —acertó por fin a decir Relé.

Entraron juntos. Relé dijo que iba a buscar a Román y pasó a la habitación. Vino Román. Armando se adelantó.

—¿Dónde está mi hijo, muchacho?

—Está aquí —dijo Román, un poco intimidado por la cólera de Armando. Y añadió—: Tonico está un poco enfermo; no es nada, ya ha venido el médico...

Armando apartó a Román y entró:

—... Ayer jugó demasiado al fútbol y se cansó mucho —seguía diciendo Román—. Gritó mucho, no paró de correr, y eso le ha dado fiebre. Pero ya mañana estará bien.

La madre de Román estaba sentada al borde de la cama y le daba a Tonico la medicina que había traído Relé.

—Voy a llevármelo a mi casa —dijo Armando.

La madre de Román se levantó y le tendió la mano:

—Deje al chico aquí hasta mañana, Armando. Ya me ocuparé yo de él. Mañana estará levantado y se lo llevará usted a su casa.

Armando estaba indeciso. La madre de Román era muy simpática, parecía amable. Se veía que quería a Tonico y que Tonico la quería a ella. Armando, con aire abatido, se sentó a los pies de la cama.

—¡Ay, hijo mío! ¡Me das cada disgusto!...

Tonico empezó a llorar. Armando se asustó. Doña Piedad movió la cabeza. Se acercó a Tonico y le acarició el cabello.

—No llores, Tonico, tienes que descansar. Mañana ya estarás bien.

Armando se sintió avergonzado. Comprendió que pensaba más en él mismo que en su hijo.

—Si quieres, Tonico, volvemos a la granja... Mañana hablaremos —dio unas palmaditas cariñosas en la mano de su hijo y añadió—: Quédate aquí. Doña Piedad es muy buena..., como lo era tu madre. Mañana vendré a buscarte...

Tonico sonrió en medio de sus lágrimas y dijo que sí con la cabeza. En el momento en que su padre cruzaba la puerta, le llamó:

—Papá, ¿estás enfadado conmigo?

Todos miraban a Armando. La respuesta no se hizo esperar:

—Ahora ya no —dijo Armando. Miró a su hijo, sonrió y movió la cabeza—: ¡Este chico!...

Doña Piedad y Román le acompañaron hasta la puerta.

—¿Y Zé? —preguntó Armando.

—Se marchó ayer. No quería seguir aquí y le pidió a Juan, el carpintero, dinero para el billete. Farina lo acompañó a la estación y lo dejó metido en el tren...

—¿Y por qué Tonico no se fue con él? Juan dio dinero para dos billetes...

«Me estoy convirtiendo en un mentiroso» —se dijo Román.

—Es que... ¿sabe usted? Teníamos un partido y Tonico no podía marcharse ayer. El equipo tenía necesidad de él.

«¡Secreto de Estado!»

Doña Piedad tragó saliva y no dijo nada. Tendió la mano a Armando.

—Ya mañana estará bien Tonico, quédese tranquilo... Si usted quiere venir de nuevo a verle, venga con toda confianza... Está usted en su casa...

Armando entró en su casa, en el salón desde tanto tiempo atrás transformado en taller. Encendió la luz y se sentó en su lugar habitual, en la butaca frente a la mesa. Sintió un escalofrío de soledad. «Debería haberme traído a Tonico», pensó.

Allí estaban las herramientas, los cables de la luz, los enchufes, las bombillas, todo lo que representaba su trabajo y formaba parte de su vida cotidiana, todas las cosas que le eran familiares. Pero experimentaba un gran vacío. No había habido ningún bombardeo, todo estaba intacto, pero él se sentía destrozado. En el extremo de la mesa estaba el viejo gramófono con su boca de baquelita negra. «Esta antigualla no hay quien la compre.» Sintió rabia contra el gramófono. «¿Estaré yo ya como él, pasado de moda?»

El polvo del abandono cubría todo con una ligera tristeza. «La casa está vacía... Un día, Tonico abandonará esta casa, lo sé. Se hará un hombre y se irá...»

Armando apoyó la cabeza en las manos y se puso a pensar. Pero todo se embrollaba en su cabeza y no pudo pensar en nada. Estaba cansado pero no quería irse a la cama. Alargó la mano y apagó la luz de la lámpara que estaba sobre la mesa. Intentó pensar. Quería comprender.

Tonico se le escapaba, evitaba a su padre y a su influencia. «Es curioso que un hijo pueda ser tan distinto de su padre.» Hacía todavía poco tiempo, él, Armando, no lo sabía. Nunca había pensado que Tonico pudiese ser diferente a él; lo veía como una prolongación de sí mismo, como si el chico fuese un brazo, una pierna que le perteneciese. Y, de repente, ya no era así. Tonico era otra persona, un ser distinto. El lo había educado, le había enseñado todo lo que el chico sabía. «Tonico todo lo ha aprendido de mí... ¿Todo?...»

«¡Demonios! ¡Qué caray!» había dicho el abuelo. Ese viejecillo seco como un *maracuyá* [1] maduro, que se pasaba el día chupando un cigarrillo apestoso, y que vivía más en otro mundo que en éste, tenía

---

[1] Maracuyá: una fruta.

dentro de él una llamita; no sabría decir dónde, pero ahí estaba. «Si yo fuese joven volvería a empezar...» Tomaría parte en la revolución. No le bastaba haber hecho una; quería continuar luchando. ¿Por qué? ¿Con qué fin? ¿Para qué había valido la primera revolución? Los hombres no valen nada. ¿Para qué luchar por ellos? Perder la vida, la única cosa que uno posee... Pero ésa era la explicación de todo: «Tonico sale a su abuelo, no a mí...» Armando sentía una envidia loca de su suegro. Era como si Tonico fuese hijo del viejo, no suyo «¡Qué bobada!... Se le ocurre a uno cada cosa...» Se quedó mirando las rayas de luz que la iluminación de la calle proyectada sobre la mesa a través de los ventanillos cerrados. Apoyó la cabeza en las manos. Ya no quería pensar más. Todo le daba vueltas dentro de la cabeza.

LLEGABA gente corriendo y pasaban de largo.Luego vino un río que cubrió todo. Y de nuevo, más gente... Y cada oleada de gente era seguida por un río que cubría todo. Pero nadie huía... Corrían porque estaban de paso; y de nuevo más gente, y después el río. De repente, él estaba en medio de la gente. Pero sin Tonico. Y otra vez el río que cubría todo.

Ahora, más gente. Esta vez sí estaba Tonico, pero él, Armando, no. El ya había pasado. De pronto todo se detuvo, y él no veía más que a Tonico en medio de aquella gente. Sólo a Tonico. El río estaba allí, pero quieto, sin moverse. Apareció Candinha, la madre de Tonico, con sus ojos de flor de azahar, y Tonico pasó a través de su figura. Pasó riéndose, y riéndose dijo ella: «Armando, no me viste. Pasé antes que el río, pero no me viste...» El iba a empezar a gritar: «¡Sí te vi! ¡Sí te vi!», cuando un hombre sin cara (Armando sabía que era Ignacio, el abuelo), dijo: «Nuestros hijos son hijos del río.» Entonces, Candinha pasó a través de la figura del hombre sin cara (él sabía que era Ignacio), y Tonico pasó también, y parecía que era un juego, a medida que Tonico andaba y andaba e iba creciendo. Allá por la lejanía venía el río, pero Tonico crecía y se alejaba mientras iba creciendo. Armando echó a correr tras él, y llegó el río y cubrió todo excepto a Tonico, que estaba lejos... ¡Tonico!...

Armando levantó la cabeza, asustado. ¡Se había dormido! Un perro ladraba en la calle. Se levantó, abrió la ventana. No era *Gasolina*. Fue a su habitación. Era tarde. Se acostó.

AL DIA siguiente, muy temprano, Armando fue a ver a Juan, el carpintero.

—Buenos días, Juan... ¡Anoche tuve un sueño más raro!... Pero, ¿quién no sueña alguna vez?

Armando contó el sueño. Juan estaba impresionado.

—¡Es una advertencia, Armando! Yo creo que es para que tenga usted mucho cuidado con Tonico en la granja, y que no le deje nunca pescar en el río. Es una advertencia, Armando.

Armando salió cabizbajo. Se encaminó hacia la casa de Román. Iba a buscar a su hijo. En la puerta se encontró con el médico, que salía. Le saludó. El doctor se detuvo un momento:

—Buenos días, Armando. Pasaba por aquí y entré a ver a Tonico. Va bien, no era nada... Pero quisiera decirle que me lleve a su hijo de cuando en cuando. Está demasiado bajito para su edad; quiero darle unos reconstituyentes; está en la edad de crecer. Tiene doce años, ¿no? Tiene que tomar mucha leche... Venga a verme cuando usted quiera. Le daré unas muestras gratuitas de reconstituyentes para Tonico... También quiero examinarle a usted, está usted pálido. Venga a verme...

—Gracias, doctor, estoy bien... Es sólo una pesadilla que tuve anoche, y después ya no pude dormirme.

—¿Un sueño? —el médico se rió—. No hay que dar crédito a los sueños; es nuestra cabeza la que inventa esas cosas... La cabeza está trabajando siempre, hasta cuando duerme; trabaja aunque de manera diferente. ¿Y en qué consistía el sueño?

Armando se lo contó. Cuando hubo acabado de hablar, el médico dijo:

—Está usted muy apegado a su hijo... —el médico sonrió—. Es lo que les pasa a todos los padres, todos el mismo problema...; los hijos crecen, quieren ser adultos, los padres piensan que sus hijos les pertenecen, y de repente ven que no es verdad. Y vienen los conflictos, las discusiones... Ya se acostumbrará usted..., piense que su hijo no le pertenece..., es lo mejor que puede usted hacer... Procure ser su amigo...

Armando quiso reaccionar. Iba a hablar, pero el médico le cortó:

—Es hijo suyo, Armando, pero no le pertenece. Escuche, hay un poeta que ha dicho más o menos lo mismo que su sueño: los hijos vienen después de nosotros, pero no nos pertenecen, pertenecen a la vida... Pase a verme uno de estos días, Armando...

Armando permaneció inmóvil; siguió al médico con la mirada. Vio cómo se metía en un viejo coche con la pintura desconchada, y arrancaba.

El médico tiró por la calle Baja. Sonrió y se dijo a sí mismo: «¡Vaya oficio! Tiene uno que ocuparse del cuerpo y del alma; y no sólo de los clientes, sino también de sus familias... ¡Y en este barrio! ¡Qué gente más ignorante! Creen en todo, en sueños, en fantasmas... ¡Me paso el tiempo enseñándoles el *abecé,* lo más elemental!...»

Por eso él estaba a favor de la revolución. Quería que todo el mundo aprendiese, estudiase, tuviese instrucción, comprendiese la vida. «Ser ignorante es vivir en la oscuridad, en un cuarto oscuro y sin ventanas... Hay que abrir las ventanas para todos...»

Armando subió la pequeña escalera y llamó a la puerta. Doña Piedad acudió a abrir. Tonico, sentado en la mesa, en la salita, estaba tomando su café con leche. Ya no tenía fiebre. A su lado estaba *Gasolina.* Román había salido, estaba en la barricada con la banda. Armando y Tonico dieron las gracias a doña Piedad. Esta besó a Tonico en la frente:

—Estáte tranquilo, hijo mío...

Salieron. *Gasolina* iba detrás. Cuando pasaban por la calle de la Iglesia, la banda se les acercó. Saludaron a Armando. Dasdo le dijo:

—Si necesita cualquier cosa, díganoslo, señor. Estamos a sus órdenes...

Armando les dio las gracias. Tonico miró a su padre. Estaba admirado. «Se diría que es distinto», pensó.

Y era verdad. Había en Armando algo distinto. Su rostro reflejaba tranquilidad, ya no tenía la cara enfadada de otras veces.

El Alemán se acercó y le dijo:

—Si quiere usted que yo le ayude mientras Tonico no puede trabajar...

Armando dio las gracias de nuevo, y hasta pareció que sonreía.

Todos querían ayudar. Todos se ofrecían. No, los chicos de la banda no eran malos. Tonico le tiró a su padre de la manga:

—Papá, la banda te quiere mucho...

Armando quedó desconcertado; quiso hacerse el duro:

—¿Qué es eso de que me quiere mucho? ¡Nada de eso! Son unos granujas... —pero su voz no estaba enfadada, no podía. Añadió—: Sois una banda terrible.

Era un hombre tímido y desconfiado. No se fiaba de nadie. Antes pensaba que todo el mundo era malo, que todos querían aprovecharse dé él. Pero ahora, de repente, parecía que ya no era así. En el mundo existían la amistad y la buena voluntad. Los últimos días había sufrido mucho temiendo que le ocurriese algo a Tonico. Habían sucedido muchas cosas que habían trastornado su vida rutinaria, todo el día encerrado trabajando. «¿Será posible..., será posible que la revolución cambie tanto a la gente?»

LA NOTICIA corrió como un reguero de pólvora y estalló en el barrio de Repique: los rebeldes habían descubierto una conspiración para volar la fábrica de municiones. ¡Una verdadera suerte haberla descubierto a tiempo para evitar la catástrofe! Fueron detenidos tres oficiales, un ingeniero y algunos soldados. Ahora habían confiado la custodia de las municiones a los mismos obreros de la fábrica.

—¡Si llega a explotar la fábrica! —gritaba Giuseppe abriendo los brazos y poniendo los ojos en blanco—. *¡Tutto il* barrio *explodere! ¡Explosione terribilissima! ¡La contrarevoluzione no duerme!* ¡Desgraciaos!

¿Cómo habrían descubierto la conspiración?... ¡Qué suerte! Todo el mundo tenía la impresión de haber vuelto a nacer de nuevo. Román caminaba por la calle. *El sí sabía* cómo se había descubierto la conspiración, pero no podía decir nada. «Secreto de Estado»... Pero qué ganas de decírselo a todo el mundo, a ésos que decían que la banda les molestaba, que eran unos críos, unos golfillos... Román se paseaba orgulloso, con la cabeza alta, en medio de todos: «Un día lo sabrán... Más tarde dirán: ¡Qué banda más imponente!... Acaso hasta dirán que fuimos unos héroes. ¡Quién sabe!»

ARMANDO pasó el día reflexionando. Por la tarde fue a casa del médico a recoger las medicinas para Tonico. El médico le saludó, estuvo muy amable, pero no pudo hablarle; había mucha gente en la sala de espera.

Juan vino por la tarde con la noticia del descubrimiento de la conspiración. Todo el mundo lo sabía ya, pero Juan hablaba como si acabase de enterarse en aquel instante: «¡Ha sido una suerte, una verdadera suerte!»

Tonico lo sabía desde la mañana. Román había venido a contárselo muy orgulloso. Le había dicho en secreto:

—Tú eres quien lo ha descubierto... Tú has salvado a todo el barrio...

—Yo soy la banda, Román. ¿Te acuerdas que Farina dijo que yo era el equipo entero?

—Sí, pero has sido tú...

Gasolina intuyó que había un secreto en el aire y comenzó a mover la cabeza y a ladrar. Tonico y Román rodaron por el suelo junto con el perro; gritaban y reían cuando Armando entró con una botella de leche en la mano.

—Desde hoy vas a tomarte un litro de leche cada día, lo ha dicho el médico —y añadió—: ¿Sabéis que el portuguesito se ha escapado? ¡Manuel está como loco! Parece que su hijo compró unos patines de ruedas y se escapó de casa. Manuel no sabe decir sino que le va a dar una paliza. Yo le he dicho que su hijo se ha escapado precisamente a causa de sus palizas. A Manuel no le ha gustado, pero se lo he dicho. Y le he dicho que más le valdría ser amigo de su hijo... Quiso chillarme, pero se lo dije. Toda la gente que estaba en la panadería estaba de mi parte. El se cree que un hijo es un «punching-ball»... ¿Dónde se habrá visto eso?

Tonico y Román estaban admirados. ¿Dónde habría ido Manolín?

—Desapareció el mismo día que se fue Zé...

Tonico se puso a pensar: «Acaso..., acaso Manolín... No, no; era imposible... Aunque, sin embargo, hablaban mucho entre sí, en secretitos... Zé apoyado en la verja del jardín, y el portuguesito hablándole al oído...»

—¿En qué piensas, Tonico? —preguntó Armando—. Vosotros sabéis adónde se ha ido Manolín... ¡Condenada banda!

Román protestó:

—No, Armando, Manolín no era de la banda. Hasta nos burlábamos de él...

—En lugar de compadeceros de él, le hacíais sufrir.

—Era para que aprendiese a defenderse, papá.

Más tarde llegó Farina y dijo:

—Yo fui a llevar a Zé a la estación. Se había enfadado con Tonico y había decidido volverse a la granja. Le había pedido a Juan, el carpintero, dinero para el billete, y en el momento en que salimos para la estación llegó Manolín por detrás, corriendo y gritando: «¡Aguarda, aguarda!» Venía con unos patines de ruedas y, al llegar a nosotros, dijo: «Ya estoy aquí, Zé». Yo creo que tenían planeado todo de antemano...

—¿Por qué le dejaste ir? —preguntó Román.

—Yo no tengo nada que ver en eso —respondió Farina—, él no es de la banda...

—Me parece que se ha ido de verdad —dijo Tonico—. Zé y Manolín estaban siempre con secretitos; siempre estaban hablando en la verja del jardín.

—Sí —dijo Armando—, pero ahora Manuel va a enfadarse con vosotros. Yo no me quiero meter en esto, no tengo nada que ver..., allá se las arregle él. Como venga aquí, lo echo a la calle...

—Claro, papá, no tenemos nada que ver... ¡El culpable es Manuel, él mismo!

—Ya estarán en la granja. Por eso Zé pidió dinero para dos billetes, y Juan se lo dio creyendo que era para Tonico —concluyó Armando—. ¡Demonios de críos!...

Tonico se rió, Román se rió, Farina se rió, *Gasolina* se rió y empezó a lamerle la mano a Armando.

—¡Largo!... ¡Vete a lamerle a tu amo!

DOS DIAS después, Armando llamó a Tonico:

—Quiero volverme a la granja, hijo mío. Y quiero que vengas conmigo, pero por las buenas; para quedarnos allá un cierto tiempo. Aquí no tengo trabajo, ya lo ves, en cambio allí ayudo a los dos viejos y puedo hacer algunas reparaciones... Salimos hoy.

Tonico fue a hablar con la banda. Román opinaba que Tonico debía irse; ya había hecho mucho y ahora debía obedecer a su padre y quedarse en la granja.

Fueron a la estación. La taquilla estaba cerrada y nadie daba ninguna explicación.

—Hoy no hay ningún tren —dijo un guarda que pasaba por allí—. Vengan mañana.

Volvieron al día siguiente. La gran cancela de hierro de la entrada principal estaba cerrada. Ni una explicación. Sólo un cartel: «No hay trenes.» Armando regresó a su casa desalentado. Por el camino dejó un recado para el sargento Felipe. Tenía que hablar con él.

El sargento vino a verle a la noche.

—Tenga paciencia, Armando. Debe de ser algún movimiento de tropas. El servicio de trenes se reanudará de un momento a otro...

UNOS DIAS más tarde corrió la noticia: los legalistas habían emprendido una ofensiva por la parte de Encrucijada, pero habían sido rechazados por las tropas del general Faria. Fue por entonces cuando se le empezó a llamar al general Máximo Faria, *Faria el Grande.* El nombre hizo fortuna y se le quedó para siempre. La historia le conocería con ese nombre.

Ahora llegaban refuerzos sin cesar, batallones de campesinos y de obreros; hubo incluso hasta un *Batallón de Correos*, llamado así porque estaba compuesto por empleados de Correos de la zona rebelde. También hubo un *Batallón de Vaqueros de Pedreira Alta*. En ese batallón fue donde se alistó Ignacio. Se presentó con su escopeta de caza, pero no lo admitieron como soldado. Hizo todo lo que pudo para que lo alistasen, pero el cabo le dijo:

—No es posible, chaval. Vuelva a su casa y cuídese.

Ignacio dijo:

—¡Yo me quedo! —y se quedó, aunque para trabajar en la cocina.

—Da igual —dijo—, los soldados tienen que comer y yo quiero ayudar.

Vivía alegre y contento, ayudaba a distribuir la comida, las alubias. Todo el mundo le quería y él quería a todo el mundo. Se sabía el nombre de cada vaquero, y por la noche, en el campamento, contaba historias.

Los rebeldes tenían ahora muchas armas. La fábrica de municiones trabajaba a toda máquina, y, además, también les habían cogido armas a los legalistas. En varios lugares del país se habían producido levantamientos, y se habían rebelado batallones y compañías enteras. La revolución tomaba otro cariz; la radio funcionaba día y noche. La emisora de los legalistas rugía: «¡Traición! ¡Traición!» Todos los días anunciaba los que se pasaban a la revolución y chillaba contra ellos.

Por su parte, la emisora de los rebeldes gritaba: «¡Victoria! ¡Victoria! ¡Vamos hacia la victoria final! ¡Muera la tiranía!» Todo el mundo discutía en todas partes. En las calles se formaban grupos. Todo el mundo tenía un plan para vencer. Cada vez eran más escasos los que estaban contra la revolución.

—Hay que pensar en el día de mañana —dijo el padre de Yoca, y se alistó en el ejército rebelde.

Giuseppe se lo encontró en la calle, con la mochila al hombro.

—*¡Per la Madonna!* —gritó al verle—. ¡Magnífica *rivoluzione!* Más vale tarde que nunca.

Armando no decía nada. Nadie sabía lo que pensaba. Un día dijo:

—Sí..., la revolución es posible que venza... Y más vale que gane ahora; si no, tendremos otra y nunca habrá paz.

Una tarde, Juan, el carpintero, le dijo a Tonico:

—Mi mujer ha visto en el mercado al viejo aquel del que hablabas. ¿Es uno que tiene una barba grande y que va siempre vestido de blanco?

—Sí —confirmó Tonico—. ¿Tiene los ojos un poco verdes con una llamita?

Juan se rió:

—Entonces es él —aseguró Tonico.

—Es un viejo loco, Tonico. Mi mujer me ha dicho que todo el mundo se reía de él en el mercado. A ella le daba lástima...

—No está loco, no —dijo Tonico—. Cuenta cosas que son verdad.

A partir de ese día, Tonico no hacía más que pensar en el viejo; pero había que esperar que fuese día de mercado.

Al jueves siguiente Tonico se olvidó; sólo se acordó por la tarde.

A la tercera semana acudió muy temprano y estuvo esperando. Anduvo por todas partes, preguntando a todo el mundo. Nadie conocía al viejo.

Se detuvo delante de una tienda de frutas y le preguntó al dueño si conocía a un viejo que tenía una barba muy grande, que iba vestido de blanco y que contaba muchos cuentos.

—¡Ah, sí! —exclamó el vendedor—. Hace un par de semanas estaba por aquí, pero he oído decir que ha muerto...

—¡No! —exclamó Tonico—. Entonces no es él —movió la cabeza y añadió—: El viejo que yo digo no muere, ya tiene más de mil años...

EL BARCO DE VAPOR

Series

Blanca **(B):** Para primeros lectores.
Azul **(A):** A partir de 7 años.
Naranja **(N):** A partir de 9 años.
Roja **(R):** A partir de 12 años.

1/*Otfried Preussler,* **Las aventuras de Vania el forzudo (N)**
2/*Alan Parker,* **Charcos en el camino (R)**
3/*María Gripe,* **La hija del espantapájaros (R)**
4/*Huguette Perol,* **La jungla del oro maldito (R)**
5/*Consuelo Armijo,* **El Pampinoplas (A)**
6/*Ivan Southall,* **¡Suelta el globo! (R)**
7/*Hilary Ruben,* **Nube de Noviembre (N)**
8/*Juan Muñoz Martín,* **Fray Perico y su borrico (N)**
9/*María Gripe,* **Los hijos del vidriero (N)**
10/*José Luis Castillo-Puche,* **El perro loco (R)**
11/*A. Dias de Moraes,* **Tonico y el secreto de estado (N)**
12/*François Sautereau,* **Un agujero en la alambrada (N)**
13/*Pilar Molina,* **El mensaje de maese Zamaor (N)**
14/*Marcelle Lerme-Walter,* **Los alegres viajeros (N)**
15/*Carmen Vázquez-Vigo,* **Caramelos de menta (A)**
16/*Djibi Thiam,* **Mi hermana la pantera (N)**
17/*Hubert Monteilhet,* **De profesión, fantasma (N)**
18/*Montserrat del Amo y Gili,* **Rastro de Dios (A)**
19/*Consuelo Armijo,* **Aniceto, el vencecanguelos (A)**
20/*Jan Terlouw,* **Piotr (R)**
21/*María Puncel,* **Abuelita Opalina (A)**
22/*Hilary Ruben,* **Kimazi y la montaña (N)**
23/*Pilar Mateos,* **Historias de Ninguno (A)**
24/*Jan Terlouw,* **El tío Willibrord (N)**
25/*René Escudié,* **Gran-Lobo-Salvaje (A)**
26/*Jean-François Bladé,* **Diez cuentos de lobos (A)**
27/*J. A. de Laiglesia,* **Mariquilla la pelá... (A)**
28/*Hester Burton,* **Cinco días de agosto (R)**
29/*Pilar Mateos,* **Jeruso quiere ser gente (A)**
30/*Juan Muñoz Martín,* **El pirata Garrapata (N)**
31/*María Puncel,* **Un duende a rayas (A)**
32/*Hannelore Valencak,* **El tesoro del molino viejo (R)**
33/*Patricia Barbadillo,* **Rabicún (A)**
34/*Fernando Lalana,* **El secreto de la arboleda (A)**
35/*Ruskin Bond,* **El camino del bazar (N)**
36/*Eric Wilson,* **Asesinato en el «Canadian Express» (N)**
37/*Eric Wilson,* **Terror en Winnipeg (N)**
38/*Eric Wilson,* **Pesadilla en Vancúver (N)**
39/*Hilda Perera,* **Mai (R)**
40/*Pilar Mateos,* **Capitanes de plástico (N)**
41/*José Luis Olaizola,* **Cucho (N)**
42/*Alfredo Gómez Cerdá,* **Las palabras mágicas (N)**
43/*Pilar Molina Llorente,* **Patatita (B)**
44/*Elisabeth Heck,* **Miguel y el dragón (B)**
45/*Irmela Wendt,* **Nido de erizos (B)**
46/*Tilman Röhrig,* **Cuando Tina berrea (B)**
47/*Mira Lobe,* **El fantasma de palacio (B)**
48/*Fay Sampson,* **Alarma en Patterick Fell (R)**
49/*José A. del Cañizo,* **El maestro y el robot (R)**
50/*Pilar Mateos,* **Lucas y Lucas (N)**
51/*Jan Terlouw,* **El rey de Katoren (R)**
52/*Carmen de Posadas,* **Kiwi (B)**
53/*Willi Fährmann,* **El velero rojo (N)**
54/*Ivan Southall,* **Dirección Oeste (R)**
55/*Joan Aiken,* **El gato Mog (A)**
56/*Val Biro,* **El diablo capataz (N)**
57/*William Camus,* **El fabricante de lluvia (R)**

58/*Miklós Rónaszegi*, Háry János (N)
59/*Consuelo Armijo*, El mono imitamonos (B)
60/*Mira Lobe*, Ingo y Drago (A)
61/*Hilda Perera*, Kike (N)
62/*María Halasi*, A la izquierda de la escalera (R)
63/*Rocío de Terán*, Los mifenses (N)
64/*Carmen Vázquez-Vigo*, El muñeco de don Bepo (B)
65/*Ivan Southall*, Filón del Chino (R)
66/*Mira Lobe*, El rey Túnix (A)
67/*Pilar Mateos*, Molinete (A)
68/*Fernando Almena*, Un solo de clarinete (N)
69/*William Camus*, Uti-Tanka, pequeño bisonte (R)
70/*Mira Lobe*, La nariz de Moritz (N)
71/*William Camus*, Azules contra grises (R)
72/*Willi Fährmann*, Un lugar para Katrin (N)
73/*Carlo Collodi*, Pipeto, el monito rosado (N)
74/*Pilar Mateos*, La bruja Mon (B)
75/*Ken Whitmore*, ¡Saltad todos! (N)
76/*Karl Friedrich Kenz*, Cuando viene el lobo (R)
77/*Joan Aiken*, Mendelson y las ratas (N)
78/*Mollie Hunter*, Ha llegado un extraño (R)
79/*Randolph Stow*, Medinoche (N)
80/*William Camus*, Aquel formidable Far West (R)
81/*Irina Korschunow*, Yaga y el hombrecillo de la flauta (B)
82/*Robert C. O'Brien*, La señora Frisby y las ratas de Nimh (N)
83/*José Luis Olaizola*, Bibiana y su mundo (R)
84/*Janosch*, Juan Chorlito y el indio invisible (A)
85/*Jack Bennett*, El viaje del «Lucky Dragon» (R)
86/*William Camus*, El oro de los locos (R)
87/*Geoffrey Kilner*, La vocación de Joe Burkinshaw (R)
88/*Víctor Carvajal*, Cuentatrapos (R)
89/*Mira Lobe*, Berni (B)
90/*Christine Nöstlinger*, Querida Susi, querido Paul (A)
91/*Jean Van Leeuwen*, Operación rescate (N)
92/*Bo Carpelan*, Viento salvaje de verano (R)
93/*Margaret J. Anderson*, El viaje de los hijos de la sombra (R)
94/*Gianni Rodari*, Los enanos de Mantua (B)
95/*Carmen Vázquez-Vigo*, Por arte de magia (A)
96/*Eleanor Farjeon*, El zarapito plateado (N)
97/*Irmelin Sandman-Lilius*, Bonadea (R)
98/*María Gripe*, Josefina (N)
99/*María Gripe*, Hugo (N)
100/*Cristina Alemparte*, Lumbánico, el planeta cúbico (N)
101/*Bárbara Corcoran*, Hija de la mañana (R)
102/*Christine Nöstlinger*, Historias de Franz (A)
103/*Gloria Cecilia Díaz*, El valle de los cocuyos (R)
104/*Sandra Gordon Langford*, Pájaro rojo de Irlanda (R)
105/*Mercè Company*, La historia de Ernesto (B)
106/*Ludwik Jerzy Kern*, Fernando el Magnífico (N)
107/*Margaret J. Anderson*, En el círculo del tiempo (R)
108/*Sally Scott*, La princesa de los elfos (N)
109/*Carmen Vázquez-Vigo*, La fuerza de la gacela (B)
110/*Alfredo Gómez Cerdá*, Macaco y Antón (B)
111/*Bo Carpelan*, Julius Blom (R)
112/*Annelies Schwarz*, Volveremos a encontrarnos (N)
113/*Irina Korschunow*, Peluso (A)
114/*Jan Terlouw*, El precipicio (R)
115/*Christine Nöstlinger*, Querida abuela... Tu Susi (A)
116/*Emili Teixidor*, Renco y el tesoro (R)
117/*Carlos Murciano*, Los habitantes de Llano Lejano (B)
118/*Nuria Albó*, Tanit (N)
119/*Ethel Turner*, Siete chicos australianos (R)
120/*Pilar Mateos*, La isla menguante (N)

121 / *Paco Martín,* Las cosas de Ramón Lamote (R)
122 / *Irina Korschunov,* El dragón de Jano (A)
123 / *Jesús Ballaz,* El collar del lobo (R)
124 / *Derek Sampson,* Gruñón y el mamut peludo (A)
125 / *Lucía Baquedano,* Fantasmas de día (N)
126 / *Paloma Bordons,* Chis y Garabís (N)
127 / *Gabriele Heiser,* Jacobo no es un pobre diablo (A)
128 / *Albert Lijánov,* Eclipse de sol (R)
129 / *Alfredo Gómez Cerdá,* Nano y Esmeralda (N)
130 / *Carmen de Posadas,* Hipo canta (B)
131 / *Edith Nesbit,* Los buscadores de tesoros (R)
132 / *Monica Dickens,* La casa del fin del mundo (R)
133 / *Dimiter Inkiow,* Matrioska (B)
134 / *Klaus Kordon,* La moneda de 5 marcos (A)
135 / *Mercè Company,* La reina calva (A)
136 / *Alice Vieira,* Rosa, mi hermana Rosa (R)
137 / *Walt Morey,* Kavik, el perro lobo (R)
138 / *Pilar Mateos,* Quisicosas (B)
139 / *Russell E. Erickson,* El detective Warton (A)
140 / *Eveline Hasler,* El coleccionista de agujeros (N)
141 / *Mollie Hunter,* El verano de la sirena (N)
142 / *Ursula Wölfel,* El jajilé azul (B)
143 / *Derek Sampson,* Más aventuras de Gruñón y el mamut peludo (A)
144 / *José A. del Cañizo,* Con la cabeza a pájaros (N)
145 / *Alfredo Gómez Cerdá,* Jorge y el capitán (B)
146 / *Christine Nöstlinger,* El diario secreto de Susi. El diario secreto de Paul (N)
147 / *María Victoria Moreno,* Leonardo y los fontaneros (R)
148 / *Concha López Narváez,* Amigo de palo (B)
149 / *Carola Sixt,* El rey pequeño y gordito (N)
150 / *José Antonio Panero,* Danko, el caballo que conocía las estrellas (N)
151 / *Ruth Rocha,* Una historia con mil monos (B)
152 / *Marc Talbert,* Canción de pájaros muertos (R)
153 / *Otfried Preussler,* Los locos de Villasimplona (N)
154 / *Elena O'Callaghan i Duch,* Perrerías de un gato (A)
155 / *Ruth Rocha,* El gato Borba (B)
156 / *Ángela C. Ionescu,* La otra ventana (R)
157 / *Mira Lobe,* Abracadabra, pata de cabra (B)
158 / *Consuelo Armijo,* ¡Piiii! (B)
159 / *Ana María Machado,* Camilón, comilón (B)
160 / *M. Beltrán, T. M. Boada, R. Burgada,* ¡Qué jaleo! (B)
161 / *Terry Wardle,* La suma más difícil del mundo (N)
162 / *Carmen Vázquez-Vigo,* Caja de secretos (R)
163 / *Carol Drinkwater,* La escuela encantada (R)
164 / *Rocío de Terán,* Nuevas aventuras de un mifense (N)
165 / *Carlos-Guillermo Domínguez,* Patrulla espacial (R)